A Agulha Oca

Título original: *L'Aiguille creuse*
Copyright © Editora Lafonte Ltda., 2021

Todos os direitos reservados.
Nenhuma parte deste livro pode ser reproduzida sob quaisquer meios existentes sem autorização por escrito dos editores.

Direção Editorial *Ethel Santaella*
Tradução *Carla Gattoni*
Revisão *Rita del Monaco*
Diagramação *Demetrios Cardozo*
Imagens *Shutterstock*

```
Dados Internacionais de Catalogação na Publicação (CIP)
       (Câmara Brasileira do Livro, SP, Brasil)

   Leblanc, Maurice, 1864-1941.
      A agulha oca / Maurice Leblanc ; tradução Carla
   Gattoni. -- São Paulo : Lafonte, 2021.

      Título original: L'aiguille creuse
      ISBN 978-65-5870-089-0

      1. Ficção policial e de mistério (Literatura
   francesa) I. Título.

21-64170                              CDD-843.0872
```

Índices para catálogo sistemático:

1. Ficção policial e de mistério : Literatura
       francesa   843.0872

Cibele Maria Dias - Bibliotecária - CRB-8/9427

Editora Lafonte
Av. Profª Ida Kolb, 551, Casa Verde, CEP 02518-000, São Paulo-SP, Brasil – Tel.: (+55) 11 3855-2100
Atendimento ao leitor (+55) 11 3855-2216 / 11 3855-2213 – atendimento@editoralafonte.com.br
Venda de livros avulsos (+55) 11 3855-2216 – vendas@editoralafonte.com.br
Venda de livros no atacado (+55) 11 3855-2275 – atacado@escala.com.br

Impressão e Acabamento
Gráfica Oceano

MAURICE LEBLANC

A Agulha Oca

tradução
CARLA GATTONI

Lafonte

2021 - Brasil

Índice

07	*O tiro*
33	*Isidore Beautrelet, aluno de retórica*
61	*O cadáver*
85	*Face a face*
111	*Na pista*
129	*Um segredo histórico*
151	*O Tratado da Agulha*
175	*De César a Lupin*
193	*Abre-te, Sésamo!*
213	*O tesouro dos reis da França*

1

O tiro

RAYMONDE PRESTOU ATENÇÃO. DE NOVO, E POR DUAS VEZES, o barulho se fez ouvir, nítido o bastante para se destacar de todos os ruídos noturnos, mas tão fraco que ela não saberia dizer se estava próximo ou longínquo, se se produzia entre os muros do vasto castelo ou lá fora, entre os recantos tenebrosos do parque.

Lentamente, se levantou. Sua janela estava entreaberta, e ela separou as folhas. A luz da lua repousava sobre uma calma paisagem de gramados e de bosques, onde as ruínas esparsas da antiga abadia se recortavam em silhuetas trágicas; colunas truncadas, ogivas incompletas, esboços de pórticos e retalhos de arcobotantes. Um pouco de brisa flutuava na superfície das coisas, deslizando através dos ramos nus e imóveis das árvores, mas agitando as pequenas folhas nascentes dos arbustos.

E, de repente, o mesmo barulho. Vinha da esquerda e abaixo do andar em que ela estava, ou seja, dos salões da ala ocidental do castelo.

Mesmo sendo valente e forte, a jovem sentiu angústia e medo. Vestiu seu robe e pegou os fósforos.

– Raymonde... Raymonde...

Uma voz fraca como um sopro chamava-a do quarto vizinho, cuja porta não havia sido fechada. Encaminhava-se para

lá, tateando, quando Suzanne, sua prima, saiu do cômodo e afundou-se em seus braços.
— Raymonde... é você?... Você ouviu?...
— Sim... você não estava dormindo, então?
— Suponho que foi o cachorro que me acordou... há muito tempo... Mas ele não está latindo mais. Que horas devem ser?
— Por volta de 4 horas.
— Escute... Estão andando no salão.
— Não há perigo, seu pai está lá, Suzanne.
— Mas há perigo para ele. Ele dorme ao lado do pequeno salão.
— O sr. Daval está lá também...
— Do outro lado do castelo... Como quer que ele ouça?
Elas hesitaram, não sabendo que atitude tomar. Chamar? Gritar por socorro? Não ousaram, de tal modo o barulho das próprias vozes lhes parecia temível. Mas Suzanne, que havia se aproximado da janela, sufocou um grito.
— Olhe... um homem perto do lago!
Um homem, de fato, se afastava a passos rápidos. Levava embaixo do braço um objeto de grandes dimensões, cuja natureza elas não puderam discernir, e que, balançando contra sua perna, dificultando-lhe a marcha. Viram-no passar perto da antiga capela e dirigir-se para uma portinha aberta no muro. Essa porta devia estar aberta, pois o homem desapareceu subitamente, e elas não ouviram os ruídos usuais das dobradiças.
— Ele veio do salão, murmurou Suzanne.
— Não, a escadaria e o vestíbulo o teriam conduzido bem mais para a esquerda... A menos que...
Uma mesma ideia ocorreu-lhes. Elas se debruçaram. Abaixo delas, uma escada tinha sido colocada na fachada, apoiada no primeiro andar. Um luar iluminava a sacada de pedra. E

outro homem, que também carregava alguma coisa, passou por cima dessa sacada, deslizou escada abaixo e fugiu pelo mesmo caminho.

Suzanne, apavorada, sem forças, caiu de joelhos, balbuciando:
— Chamemos!... chamemos por socorro!...
— Quem viria? Seu pai... E se houver outros homens que se atirem sobre ele?
— Poderíamos avisar os criados... sua campainha se comunica com o andar deles.
— Sim... sim... talvez, é uma ideia... Tomara que eles cheguem a tempo!

Raymonde procurou, perto de sua cama, a campainha elétrica e a apertou. Um timbre alto vibrou, e elas tiveram a impressão de que, embaixo, deveriam ter percebido o som distinto.

Esperaram. O silêncio tornava-se apavorante, e a própria brisa não agitava mais as folhas dos arbustos.
— Estou com medo... estou com medo... — repetia Suzanne.

E, subitamente, na noite profunda, abaixo delas, o barulho de uma luta, o estrondo de móveis sendo empurrados, exclamações, depois, horrível, sinistro, um gemido rouco, o estertor de alguém sendo degolado...

Raymonde saltou para a porta. Suzanne agarrou-se desesperadamente em seu braço.
— Não... não me deixe... estou com medo.

Raymonde empurrou-a e lançou-se no corredor, logo seguida por Suzanne, que cambaleava de uma parede a outra, gritando. Chegou na escadaria, despencou pelos degraus, precipitou-se para a grande porta do salão e parou imediatamente, pregada ao solo, enquanto Suzanne ancorava ao seu lado. Diante delas, a três passos, estava um homem com uma lanterna. Com um gesto, dirigiu-a para as duas jovens, cegando-as com a luz, olhou longamente para seus rostos, depois, sem se apressar, com os movimentos mais calmos do mundo, pegou seu boné, recolheu um pedaço de papel e dois fios de palha, apagou os traços sobre o tapete, aproximou-se da varanda, voltou-se para as moças, saudou-as profundamente e desapareceu.

A primeira, Suzanne, correu ao pequeno *boudoir*[1] que separava o grande salão do quarto do seu pai. Mas, logo na entrada, um espetáculo horrendo apavorou-a. À luz oblíqua da lua, percebia-se, no chão, dois corpos inanimados, deitados lado a lado.

– Pai!... Pai!... É você?... O que você tem? Gritou ela, aflita, inclinada sobre um deles.

Ao fim de um instante, o conde de Gesvres de mexeu. Com uma voz alquebrada, disse:

– Não tema nada... não estou ferido... E Daval? Ele está vivo? A faca?... A faca?...

Nesse momento, dois criados chegaram com velas. Raymonde atirou-se sobre o outro corpo e reconheceu Jean Daval, secretário e homem de confiança do conde. Seu rosto já tinha a palidez da morte.

Então ela se levantou, voltou ao salão, pegou, no meio de uma panóplia pendurada na parede, um fuzil que sabia estar carregado e foi para a varanda. Não fazia, certamente, mais de cinquenta ou sessenta segundos que o indivíduo havia colocado o pé sobre o primeiro degrau da escada. Não poderia, portanto, estar muito longe, ainda mais porque tinha tomado a precaução de mudar a escada de lugar, para que ninguém pudesse se servir dela. De fato, avistou-o logo, passando pelas

---

1. Quarto privado (N do T)

ruínas do antigo claustro. Ela empunhou o fuzil, mirou tranquilamente e atirou. O homem caiu.

— Isso! Isso! — proferiu um dos criados — Nós o pegamos. Vou até lá.

— Não, Victor, ele está se levantando... desça pela escadaria e corra para a portinha. Ele só pode escapar por lá.

Victor se apressou, mas, antes mesmo que chegasse ao parque, o homem havia caído novamente. Raymonde chamou o outro criado.

— Albert, está vendo-o ali? Perto da arcada grande?...

— Sim, está rastejando pela grama... ele se deu mal...

— Vigie-o daqui.

— Não tem jeito de ele escapar. À direita das ruínas é gramado descoberto...

— E Victor está vigiando a porta à esquerda, disse ela, pegando novamente seu fuzil.

— Não vá até lá, senhorita!

— Sim, sim, disse ela, o tom resoluto, os gestos espasmódicos, deixe-me... ainda tenho um cartucho... Se ele se mexer...

Ela saiu. Um instante depois, Albert viu-a dirigindo-se para as ruínas. Gritou-lhe da janela:

— Ele se arrastou para trás da arcada. Não o vejo mais... cuidado, senhorita...

Raymonde contornou o antigo claustro para impedir qualquer fuga do homem, e logo Albert perdeu-a de vista. Ao fim de alguns minutos, não a vendo mais, inquietou-se e, sem deixar de vigiar as ruínas, em vez de descer pela escadaria, esforçou-se para alcançar a escada. Quando conseguiu, desceu rapidamente e correu direto para a arcada, para o ponto onde aquele homem lhe havia aparecido pela última vez. Trinta passos mais longe, encontrou Raymond, que procurava por Victor.

A Agulha Oca

– E então? – disse ele.
– Impossível pegá-lo – disse Victor.
– A portinha?
– Vim de lá... eis a chave.
– Mas... ainda é preciso...
– Oh, sua captura é certa!... Daqui a dez minutos ele será nosso, o bandido.

O fazendeiro e seu filho, acordados pelo tiro de fuzil, chegavam da fazenda, cujas edificações se elevavam bem longe, à direita, mas dentro dos limites das muralhas. Não haviam encontrado ninguém.

– Por Deus, não, disse Albert, o patife não pode ter deixado as ruínas... Nós o encontraremos no fundo de algum buraco.

Organizaram uma batida metódica, procurando em cada arbusto, afastando as pesadas caudas de hera, enroladas em volta das colunas. Asseguraram-se de que a capela estava bem fechada e que nenhum dos vitrais havia sido quebrado. Contornaram o claustro, esquadrinharam todos os cantos e recantos. As buscas foram vãs.

Uma única descoberta no lugar onde o homem caíra, ferido por Raymonde: ali, recolheram um boné de motorista, em couro fulvo. Além disso, nada.

Às 6 horas da manhã, a polícia de Ouville-la-Rivière foi notificada e compareceu ao local, depois de ter enviado por correio expresso, ao Ministério Público de Dieppe, uma pequena nota relatando as circunstâncias do crime, a captura iminente do principal culpado, a descoberta de seu chapéu e do punhal com o qual tinha levado a termo seu plano. Às 10 horas, dois veículos desciam o suave declive que levava ao castelo. Um deles, venerável caleche, trazia o procurador adjunto e o juiz, acompanhado de seu escrivão. No outro, um modesto cabriolé, estavam dois jovens repórteres, representando o *Jornal de Rouen* e um grande jornal parisiense.

O velho castelo apareceu. Outrora abadia dos priores de Ambrumésy, mutilado pela Revolução, restaurado pelo conde de Gesvres, ao qual pertencia havia vinte anos, compreendia um edifício principal encimado por um pináculo onde velava um relógio e duas alas, cada uma envolvida por uma varanda com balaustrada de pedra. Acima, os muros do parque, e, além do platô que sustentava as altas falésias normandas, avistava-se, entre as aldeias de Sainte-Marguerite e de Varengeville, a linha azul do mar.

Lá vivia o conde de Gesvres com sua filha Suzanne, bonita e frágil criatura de cabelos louros, e sua sobrinha Raymonde, de Saint-Véran, que ele havia acolhido dois anos antes, quando as mortes simultâneas do pai e da mãe de Raymonde deixaram-na órfã. A vida era calma e regular no castelo. Alguns vizinhos vinham de quando em quando. No verão, o conde levava as duas moças quase diariamente a Dieppe. Era um homem alto, de figura bonita e séria, de cabelos grisalhos. Muito rico, geria ele mesmo sua fortuna e supervisionava suas propriedades com a ajuda de seu secretário, Jean Daval.

Ao entrar, o juiz recebeu as primeiras impressões do brigadeiro da guarda republicana, Quevillon. A captura do culpado, ainda iminente por sinal, não havia sido efetuada, mas todas as saídas do parque estavam cercadas. Uma fuga seria impossível.

A pequena tropa atravessou em seguida a sala capitular e o refeitório, situados no térreo, e subiu ao primeiro andar. Logo de cara, a ordem perfeita do salão foi observada. Nenhum móvel, nenhum bibelô que não parecessem ocupar seu lugar habitual, e nenhum vazio entre esses móveis e esses bibelôs. À direita e à esquerda estavam suspensas magníficas tapeçarias flamencas, com seus personagens. Ao fundo, sobre os painéis, quatro belas telas, em suas molduras, representavam cenas mitológicas. Eram os famosos quadros de Rubens, legados ao conde de Gesvres, bem como as tapeçarias de Flandres por seu tio materno, o marquês de Bodadilla, o grande da Espanha. O juiz, sr. Filleul, observou:

– Se o furto foi o motivo do crime, este salão, em todo caso, não foi o objeto dele.

– Quem sabe? – retrucou o procurador adjunto, que falava pouco, mas sempre em direção contrária às opiniões do juiz.

– Vejamos, caro senhor, a primeira preocupação de um ladrão seria a de carregar essas tapeçarias e esses quadros, cuja fama é universal.

– Talvez não tenha tido oportunidade.

– É o que saberemos. Nesse momento, o conde Gesvres entrou, seguido pelo médico. O conde, que não parecia se ressentir da agressão de que fora vítima, deu as boas-vindas aos dois juízes. Depois, abriu a porta do *boudoir*.

A sala, onde mais ninguém – a não ser o médico – havia entrado desde o crime, estava, em contraste com o salão, na maior desordem. Duas cadeiras estavam viradas, uma das mesas, demolida, e vários outros objetos – um relógio de viagem, um arquivo, uma caixa de papeis de carta – jaziam no chão. E havia sangue em algumas das folhas brancas espalhadas.

O médico afastou o lençol que escondia o cadáver. Jean Daval, vestido com suas roupas habituais de veludo e calçando botinas, estava estendido de costas, um dos braços dobrado sob o corpo. Haviam aberto sua camisa e percebia-se um largo ferimento que perfurava seu peito.

– A morte deve ter sido instantânea, declarou o médico... uma só facada foi suficiente.

– Foi, sem dúvida – disse o juiz –, a faca que vi sobre a lareira do salão, perto de um boné de couro?

– Sim – confirmou o conde de Gesvres –, a faca foi pega aqui mesmo. Ela veio da mesma panóplia do salão de onde minha sobrinha, a srta. de Saint-Véran, retirou o fuzil. Quanto ao boné de motorista, é evidentemente do assassino.

O sr. Filleul estudou ainda alguns detalhes da sala, fez algumas perguntas ao médico, depois pediu ao sr. de Gesvres para contar-lhe o que tinha visto e o que sabia. Eis em que termos o conde se exprimiu:

– Foi Jean Daval quem me acordou. Eu já dormia mal, aliás, com lampejos de lucidez, nos quais tinha a impressão de escutar passos, quando, de repente, abrindo os olhos, o vi ao pé do meu leito, uma vela na mão, e todo vestido como está agora, pois ele trabalhava frequentemente de madrugada. Parecia fortemente agitado e disse-me, em voz baixa: "Há pessoas no salão." De fato, escutei barulho. Levantei-me e abri suavemente a porta deste *boudoir*. No mesmo segundo esta outra porta que dá para o grande salão era empurrada e um homem apareceu, saltou sobre mim e me atordoou com um soco na têmpora. Estou contando tudo isso sem nenhum detalhe, senhor juiz, pelo motivo de que só me lembro dos fatos principais e que esses fatos se passaram com uma rapidez extraordinária.

– E depois?

– Depois, não sei mais... Quando voltei a mim, Daval estava estendido, mortalmente atingido.

– À primeira vista, o senhor não suspeita de ninguém?

– De ninguém.

– O senhor tem algum inimigo?

– Não que eu saiba.

– O sr. Daval não os tinha tampouco?

A Agulha Oca

— Daval! Um inimigo? Era a melhor criatura que existia. Durante vinte anos Jean Daval foi meu secretário e, posso dizê-lo, meu confidente, nunca vi perto dele senão simpatias e amizades.

— Entretanto, houve uma invasão, um assassinato, e é necessário que haja um motivo para tudo isso.

— Um motivo? Mas foi furto, pura e simplesmente.

— Portanto roubaram-lhe algo?

— Nada.

— E então?

— Então, se não roubaram nada e se não falta nada, devem ter ao menos carregado alguma coisa.

— O que?

— Ignoro. Mas minha filha e minha sobrinha lhes dirão, com toda certeza, que viram sucessivamente dois homens atravessarem o parque, e que esses homens carregavam cargas bem volumosas.

— Essas senhoritas...

— Essas senhoritas sonharam? Eu estaria tentado a crê-lo, pois, desde esta manhã, me esgoto em investigações e suposições. Mas é fácil interrogá-las.

Chamaram as duas primas ao grande salão. Suzanne, toda pálida e ainda trêmula, só com dificuldade conseguia falar. Raymonde, mais enérgica e mais corajosa, mais bela também, com o reflexo dourado de seus olhos castanhos, relatou os acontecimentos da noite e a parte em que tinha participado.

— De sorte, senhorita, que seu testemunho é categórico?

— Absolutamente. Os dois homens que atravessaram o parque carregavam objetos.

— E o terceiro?

— Ele saiu daqui de mãos vazias.

— A senhorita poderia nos dar sua descrição?

– Ele não parou de nos cegar com sua lanterna. No máximo eu diria que era alto e de aspecto pesado...
– Pareceu-lhe assim, senhorita? – perguntou o juiz a Suzanne, de Gesvres.
– Sim... ou melhor, não... – respodeu Suzanne, refletindo...
– Eu o vi de altura média e magro.
O sr. Filleul sorriu, acostumado às divergências de opinião e de visão das testemunhas de um mesmo fato.
– Aqui estamos nós, portanto, com, por um lado, um indivíduo – o do salão – que é ao mesmo tempo alto e baixo, gordo e magro; e de outro lado, com dois indivíduos – os do parque –, que acusam de terem levado deste salão objetos... que ainda estão aqui.
O sr. Filleul era um juiz da escola ironista, como ele mesmo dizia. Era também um juiz que adorava a plateia e as ocasiões para mostrar ao público seu *know how*, como o atestava o número crescente de pessoas que lotavam o salão. Aos jornalistas haviam se juntado o fazendeiro e seu filho, o jardineiro e sua mulher, depois a criadagem do castelo, depois os dois condutores que haviam trazido os veículos de Dieppe. Ele voltou a falar:
– Seria também uma questão de chegar a um acordo sobre a maneira como desapareceu este terceiro personagem. A senhorita atirou com este fuzil, e desta janela?
– Sim, o homem alcançava a lápide quase enterrada sob as amoreiras à esquerda do claustro.
– Mas ele se levantou?
– Pela metade, somente. Victor desceu imediatamente para guardar a portinha e eu o segui, deixando aqui, no posto de observação, nosso criado Albert.
Albert, por sua vez, deu seu testemunho, e o juiz concluiu:

– Consequentemente, segundo vocês, o ferido não pôde fugir pela esquerda, pois seu camarada vigiava a porta, nem pela direita, pois vocês o teriam visto atravessando o gramado. Portanto, pela lógica, ele está, neste instante, no espaço relativamente restrito que temos sob nossos olhos.
– É a minha convicção.
– É a sua, senhorita?
– Sim.
– É a minha também, disse Victor.
O procurador adjunto disse, em um tom afetado:
– O campo de investigações é estreito, precisamos apenas continuar as buscas, que começaram há quatro horas.
– Talvez sejamos mais felizes.
O sr. Filleul pegou de cima da lareira o boné de couro, examinou-o e, chamando o brigadeiro da guarda republicana, disse-lhe à parte:
– Brigadeiro, envie imediatamente um de seus homens a Dieppe, ao chapeleiro Maigret, e que o sr. Maigret nos diga, se possível, a quem foi vendido este boné.

"O campo de investigações", segundo a fala do procurador adjunto se limitava ao espaço compreendido entre o castelo, o gramado da direita e o ângulo formado pelo muro à esquerda e a parede oposta do castelo; ou seja, um quadrilátero de mais ou menos cem metros de cada lado, onde surgiam cá e lá as ruínas de Ambrumésy, o monastério que fora tão célebre na Idade Média.

Rapidamente, na grama pisada, notou-se a passagem do fugitivo. Em dois lugares, traços de sangue enegrecido, quase secos, foram observados. Depois da curva da arcada, que marcava o fim do claustro, não havia mais nada, a natureza do solo, forrado pelas agulhas dos pinheiros, já não era adequado para as impressões de um corpo. Mas, então, como o ferido poderia ter escapado aos olhares da jovem, de Victor e de Albert? Alguns arbustos que os criados e os policiais vasculharam, algumas lápides sob as quais procuraram, e era tudo.

O juiz pediu ao jardineiro, que tinha a chave, que abrisse a Chapelle-Dieu, verdadeira joia de escultura que os tempos de revolução haviam respeitado, e que sempre fora considerada, com os finos entalhes de seu pórtico e a pequena população de suas estatuetas, uma das maravilhas do estilo gótico normando. A capela, muito simples em seu interior, sem outro ornamento que seu altar de mármore, não oferecia nenhum refúgio. Além disso, teria sido necessário introduzir-se ali. De que maneira?

A inspeção desembocou na pequena porta que servia de entrada aos visitantes das ruínas. Ela dava para uma trilha estreita entre a muralha e um matagal onde se viam pedreiras abandonadas. O sr. Filleul se debruçou: a poeira do caminho apresentava marcas de pneus antiderrapantes. De fato, Raymonde e Victor acreditavam ter escutado, depois do tiro de fuzil, o ofegar de um carro. O juiz insinuou:

– O ferido foi se juntar a seus cúmplices.

– Impossível! – exclamou Victor. – Eu já estava lá, enquanto a senhorita e Albert ainda o avistavam.

– Enfim, ele tem de estar em algum lugar! Fora ou dentro, não temos outra escolha!

– Ele está aqui, afirmavam os criados, com obstinação.

O juiz levantou os ombros e voltou para o castelo, um tanto lentamente. Decididamente, o caso começava mal. Um roubo onde nada havia sido roubado, um prisioneiro invisível, não havia de que se gabar.

Estava tarde. O sr. de Gesvres convidou os juízes para o

jantar, bem como os dois jornalistas. Comeram silenciosamente, depois o sr. Filleul voltou ao salão, onde interrogou os criados. Mas o trote de um cavalo ressoou para os lados do pátio, e, um instante depois, o guarda que havia sido enviado a Dieppe entrou:

– E então, o senhor esteve com o chapeleiro? – perguntou o juiz, impaciente para obter, enfim, alguma pista.

– O boné foi vendido a um motorista.

– Um motorista!

– Sim, um motorista que parou com seu carro diante da loja e que perguntou se poderiam lhe fornecer, para um de seus clientes, um boné de motorista em couro amarelo. Só havia aquele. Ele pagou, sem nem ligar para o tamanho, e se foi. Estava muito apressado.

– Que espécie de carro?

– Um cupê de quatro lugares.

– E em que dia foi isso?

– Que dia? Nesta manhã.

– Nesta manhã? O que o senhor está me dizendo?

– O boné foi comprado nesta manhã.

– Mas isso é impossível, já que ele foi encontrado na noite passada, no parque. Para isso seria necessário que estivesse lá, e, portanto, que tivesse sido comprado antes.

– Esta manhã. Foi o que o chapeleiro me disse.

Houve um momento de perplexidade. O juiz, estupefato, tentava compreender. De repente ele saltou, atingido por um raio de luz.

– Que tragam o motorista que nos conduziu esta manhã!

O brigadeiro da guarda republicana e seu subordinado correram a toda pressa para os estábulos. Ao fim de alguns minutos, o brigadeiro voltou só.

– O motorista?
– Ele se serviu na cozinha, jantou e depois...
– E depois?
– Foi embora.
– Com seu carro?
– Não. Com o pretexto de ir ver um de seus parentes em Ouville, pegou emprestada a bicicleta do cavalariço. Aqui estão seu chapéu e seu sobretudo.
– Mas ele não foi embora de cabeça descoberta?
– Ele tirou do bolso um boné e o colocou.
– Um boné?
– Sim, de couro amarelo, parece.
– De couro amarelo? Mas não, pois ele está aqui.
– De fato, senhor juiz, mas o dele era igual.

O procurador adjunto deu uma ligeira risadinha.

– Muito engraçado! Muito divertido! Há dois bonés... Um, que é o verdadeiro e que constituía nossa única prova, foi-se embora na cabeça do pseudo-motorista! O outro, o falso, o senhor o tem nas mãos. Ah! O bravo homem nos enrolou direitinho.

– Alcance-o! Traga-o de volta! – gritou o sr. Filleul. – Brigadeiro Quevillon, dois de seus homens a cavalo, e a todo galope!

– Ele está longe, disse o procurador adjunto.

– Por mais longe que esteja, é preciso que consigamos pegá-lo.

– Espero que sim, mas creio, senhor juiz, que nossos esforços devem, sobretudo, se concentrar aqui. Queira ler este papel que acabo de encontrar nos bolsos do casaco!

– Que casaco?
– O do motorista.

E o procurador adjunto estendeu ao sr. Filleul um papel dobrado em quatro, onde se liam essas palavras, escritas a lápis e em uma caligrafia um pouco vulgar:

"*Ai da senhorita, se ela tiver matado o chefe.*"
O incidente causou certa emoção.
– A bom entendedor, meia palavra basta, estamos avisados, murmurou o procurador adjunto.
– Senhor conde, disse o juiz, suplico-lhe que não se inquiete. As senhoritas também não. Esta ameaça não tem nenhuma importância, já que a Justiça está no local. Todas as precauções serão tomadas. Respondo pela sua segurança. Quanto aos senhores, completou, virando-se para os dois repórteres, conto com sua discrição. Foi graças a minha complacência que os senhores puderam assistir a esse inquérito e seria uma ingrata recompensa...
Interrompeu-se como se uma ideia o tivesse atravessado, olhou os dois jovens, um de cada vez e se aproximou de um deles:
– Para que jornal o sr. trabalha?
– Para o *Jornal de Rouen*.
– O senhor tem um documento de identificação?
– Está aqui.
O documento estava em ordem. Não havia nada a dizer. O sr. Filleul
interrogou o outro repórter.
– E o senhor?
– Eu?
– Sim, o senhor, estou lhe perguntando a que redação o senhor pertence.
– Meu Deus, senhor juiz, escrevo para vários jornais...
– Seu documento de identificação?
– Não tenho.
– Ah! E como pode ser isso?...
– Para que um jornal lhe dê uma identificação, é necessário que se escreva nele de maneira regular.

– Ah, sim?

– Ah, sim! Eu sou apenas um colaborador ocasional. Envio para lá e para cá artigos que são publicados... ou recusados, dependendo das circunstâncias.

– Nesse caso, seu nome? Seus documentos?

– Meu nome não lhe diria nada. Quanto a meus documentos, eu não tenho.

– O senhor não tem um papel qualquer que ateste sua profissão!

– Eu não tenho profissão.

– Mas, enfim, senhor, exclamou o juiz com certa aspereza, o senhor não pretende se manter incógnito depois de ter se introduzido aqui astuciosamente e de ter descoberto os segredos da Justiça.

– Gostaria que observasse, senhor juiz, que o senhor não me perguntou nada quando cheguei, e que, consequentemente, eu nada tinha a dizer. Além disso, não me pareceu que o inquérito fosse secreto, já que todo mundo o assistia... mesmo um dos culpados.

Ele falava calmamente, em um tom de polidez infinita. Era um homem bastante jovem, muito alto e muito magro, vestindo calças curtas demais e uma jaqueta estreita demais. Tinha um rosto rosado de moça, uma fronte larga ornada de cabelos à escovinha e uma barba loura malfeita. Seus olhos brilhavam de inteligência. Ele não parecia nem um pouco embaraçado e sorria um sorriso simpático, no qual não havia traço de ironia.

O sr. Filleul observava-o com uma desconfiança agressiva. Os dois guardas avançaram. O jovem exclamou alegremente:

– Senhor juiz, está claro que o senhor suspeita que eu seja um dos cúmplices. Mas, se fosse assim, não teria eu já fugido na hora certa, seguindo o exemplo do meu camarada?

– O senhor poderia esperar...

– Toda espera teria sido absurda. Pense, senhor juiz, e o senhor convirá que em boa lógica...

O sr. Filleul olhou-o direto nos olhos e, secamente disse:

– Chega de brincadeiras! Seu nome?

– Isidore Beautrelet.

– Sua profissão?

– Aluno de retórica no Liceu Janson-de-Sailly.

O sr. Filleul olhou-o severa e fixamente:

– O que está me dizendo? Aluno de retórica...

– No Liceu Janson, rua de la Pompe, número...

– Ah isso, exclamou o sr. Filleul, o senhor está zombando de mim! Esse joguinho não pode continuar!

– Asseguro, senhor juiz, que sua surpresa me espanta. O que me impede de ser um aluno do Liceu Janson? Minha barba, talvez? Tranquilize-se, minha barba é falsa.

Isidore Beautrelet arrancou alguns caracóis que ornavam seu queixo e seu rosto imberbe pareceu ainda mais juvenil e mais rosado, um verdadeiro rosto de aluno de Liceu. E, enquanto um riso infantil descobria seus dentes brancos disse:

– O senhor está convencido agora? E o senhor ainda precisa de provas? Pegue, leia nas cartas de meu pai o endereço: "Sr Isidore Beautrelet, interno no Liceu Janson-de- Sailly".

Convencido ou não, o sr. Filleul não tinha absolutamente o ar de quem achava a história a seu gosto. Perguntou, em um tom ríspido:

– O que o senhor está fazendo aqui?

– Mas... estou me instruindo.

– Existem Liceus para isso... o seu, por exemplo.

– O senhor se esquece, senhor juiz, que hoje, 23 de abril, estamos em pleno feriado de Páscoa.

– E daí?

– E daí que tenho toda a liberdade de passar esse feriado como eu quiser.

– Seu pai?...

– Meu pai mora longe, no interior da Savoia, e foi ele mesmo quem me aconselhou uma pequena viagem pelo canal da Mancha.

– Com uma barba falsa?

– Oh, isso não! A ideia foi minha. No Liceu falamos muito de aventuras misteriosas, lemos romances policiais em que as pessoas se disfarçam. Imaginamos uma porção de coisas complicadas e terríveis. Então quis me divertir e coloquei uma barba falsa. Além disso tinha a vantagem de me levarem a sério, e me fiz passar por um repórter parisiense. Foi assim que, ontem à noite, depois de mais de uma semana insignificante, tive o prazer de conhecer meu colega de Rouen, e que, nesta manhã, tendo sabido do caso de Ambrumésy, propôs-me muito amavelmente acompanhá-lo, dividindo as despesas do aluguel de um carro.

Isidore Beautrelet contava tudo isso com uma simplicidade franca, até um pouco ingênua, de maneira que era impossível não lhe sentir o encanto. O próprio sr. Filleul, mesmo mantendo uma reserva desafiadora, tinha prazer em escutá-lo.

Perguntou-lhe, então, em um tom menos ríspido:

– E o senhor está contente com sua expedição?

– Extasiado! Nunca tinha assistido a um negócio desse tipo e a este não falta interesse.

– Nem as tais complicações misteriosas que o senhor valoriza tanto.

– E que são tão apaixonantes, senhor juiz! Não conheço emoção maior que ver todos os fatos que saem das sombras, que se agrupam uns contra os outros e que formam, pouco a pouco, a verdade provável.

– A verdade provável, em que caminho o senhor vai, meu jovem! Quer dizer que o senhor tem, já pronta, sua pequena solução do enigma?

– Oh, não! – retrucou Beautrelet rindo... – Somente... parece-me que há certos pontos sobre os quais não é impossível ter uma opinião, e outros de tal maneira precisos que é suficiente... concluirmos.

– Oh! Mas isso se torna muito curioso, e enfim eu vou saber de alguma coisa. Pois confesso-lhe, para minha grande vergonha, que não sei de nada.

– É porque o senhor não teve tempo de refletir, senhor juiz. O essencial é refletir. É muito raro que os fatos não carreguem em si mesmos sua explicação. Não é sua opinião? Em todo o caso, não constatei nenhum diferente dos já registrados nas atas.

– Que maravilha! De maneira que se eu lhe perguntasse quais foram os objetos roubados deste salão?

– Eu lhe responderia que sei.

– Bravo! O senhor sabe mais sobre isso que o próprio dono! O sr. de Gesvres tem seu reconhecimento: o sr. Beautrelet não tem o seu. Falta-lhe uma biblioteca com seu nome e uma estátua em tamanho natural. E se eu lhe perguntasse o nome do assassino?

– Eu lhe responderia igualmente que sei.

Houve um sobressalto em toda a assistência. O procurador adjunto e o jornalista se aproximaram. O sr. de Gesvres e as duas moças escutavam atentamente, impressionados pela segurança tranquila de Beautrelet.

– O senhor sabe o nome do assassino?

– Sim.
– E o lugar onde ele se encontra, talvez?
– Sim.

O sr. Filleul esfregou as mãos:

– Que sorte! Essa captura será o auge da minha carreira. E o senhor pode, agora mesmo, fazer-me essas revelações fascinantes?

– Agora mesmo, sim... Ou melhor, se o senhor não vir inconveniente, em uma hora ou duas, quando eu tiver assistido até o fim o inquérito que o senhor conduz.

– Mas não, imediatamente, meu jovem...

Nesse momento, Raymonde de Saint-Véran, que, desde o começo dessa cena não havia tirado os olhos de Isidore Beautrelet, aproximou-se do senhor Filleul.

– Senhor juiz...

– O que deseja, senhorita?

Ela hesitou por dois ou três segundos, com os olhos fixos em Beautrelet, depois, dirigindo-se ao sr. Filleul:

– Peço que o senhor pergunte a ele a razão pela qual ele passeava ontem pela trilha que leva à pequena porta.

Foi um golpe teatral. Isidore Beautrelet pareceu atrapalhado.

– Eu, senhorita! Eu! A senhorita me viu ontem?

Raymonde ficou pensativa, os olhos fixos em Beautrelet, como se procurasse estabelecer para si mesma sua convicção, e disse, em um tom sossegado:

– Encontrei na trilha, às 4 horas da tarde, quando eu atravessava o bosque, um jovem da mesma altura do senhor, vestido como o senhor e que tinha uma barba cortada como a sua... e tive a impressão de que ele tentava se esconder.

– E era eu?

– Seria impossível eu afirmar com certeza, pois minha

lembrança é um pouco vaga. No entanto... no entanto parece muito... senão a semelhança seria estranha...

O sr. Filleul estava perplexo. Já enganado por um dos cúmplices, se deixaria ele enrolar por este suposto colegial?

— O que o senhor tem a responder?

— Que a senhorita se engana e que me é fácil demonstrá-lo. Ontem, a essa hora, eu estava em Veules.

— Será preciso prová-lo, será preciso. Em todo caso, a situação não é mais a mesma. Brigadeiro, um de seus homens fará companhia a este senhor.

O rosto de Isidore Beautrelet mostrou uma viva contrariedade.

— Por muito tempo?

— O tempo de reunir as informações necessárias.

— Senhor juiz, suplico-lhe que as reúna com a máxima celeridade e discrição possíveis...

— Por quê?

— Meu pai é idoso. Nós nos amamos muito... e não gostaria que ele sofresse por minha causa.

O tom lacrimoso da voz desgostou o sr. Filleul. Cheirava à cena de melodrama. Apesar disso, prometeu:

— Esta noite... ou amanhã, o mais tardar, saberei o que esperar.

A tarde avançava. O juiz voltou às ruínas do velho claustro, tendo o cuidado de proibir a entrada de todos os curiosos, e, pacientemente, de modo metódico, dividindo o terreno em pedaços sucessivamente estudados, dirigiu pessoalmente as investigações. Mas, ao fim do dia, não havia de maneira alguma avançado, e declarou para o exército de repórteres que havia invadido o castelo:

— Senhores, tudo nos leva a supor que o ferido está aqui, ao alcance de nossa mão, tudo, menos a realidade dos fatos.

Portanto, em nossa humilde opinião, ele deve ter escapado, e é lá fora que o encontraremos.

Por precaução, no entanto, organizou, juntamente com o brigadeiro, a supervisão do parque e, depois, um novo exame dos dois salões e um *tour* completo pelo castelo. Depois de ter se munido de todas as informações necessárias, pegou de volta o caminho de Dieppe, na companhia do procurador adjunto.

A noite veio. Tendo o *boudoir* que permanecer fechado, haviam transportado o corpo de Jean Daval para uma outra sala. Duas mulheres locais o velavam, assistidas por Suzanne e Raymonde. Embaixo, sob o olhar atento do guarda rural que haviam anexado à sua pessoa, o jovem Isidore Beautrelet cochilava no banco do antigo oratório. Do lado de fora, os guardas, o fazendeiro e uma dúzia de camponeses estavam postados entre as ruínas e ao longo dos muros.

Até às 11 horas foi tudo tranquilo, mas às 11h10, um tiro ressoou do outro lado do castelo.

– Atenção! – berrou o brigadeiro. Dois homens ficam aqui!... Fossier e Lecanu... Os outros, corram.

Todos correram e contornaram o castelo pela esquerda. Na sombra, uma silhueta se esquivou. Depois, de repente, um segundo tiro atraiu-os para mais longe, nos limites da fazenda. E subitamente, quando chegavam em tropa à cerca viva que fazia divisão com o pomar, uma chama luziu à direita da casa reservada para o fazendeiro e imediatamente outras chamas também se elevaram, em uma coluna espessa. Era um celeiro que se incendiava, forrado de palha até o teto.

– Os patifes – gritou o brigadeiro Quevillon –, foram eles que puseram fogo. Vamos entrar, meus filhos, eles não podem estar longe.

Mas a brisa curvava as chamas em direção ao prédio principal, e, antes de tudo, era necessário combater o perigo. Todos atiraram-se a essa tarefa, com mais ardor ainda quando o sr. de Gesvres, tendo acorrido ao local do desastre, encorajou-os com a promessa de uma recompensa.

Quando conseguiram controlar o incêndio, eram 2 horas da manhã. Qualquer perseguição seria inútil.

– Veremos isso de manhã, disse o brigadeiro... certamente deixaram pistas... nós as encontraremos.

– E eu não ficaria aborrecido, acrescentou o sr. de Gesvres, em saber o motivo desse ataque. Colocar fogo em fardos de palha me parece bem inútil.

– Venha comigo, senhor conde... o motivo, talvez eu possa lhe dizer.

Juntos, chegaram às ruínas do claustro. O brigadeiro chamou:

– Lecanu?... Fossier?...

Outros policiais já procuravam seus companheiros deixados de guarda. Acabaram por descobri-los na entrada da pequena porta. Estavam estendidos no chão, amarrados, amordaçados, uma venda sobre os olhos.

– Senhor conde, murmurou o brigadeiro enquanto os libertavam, brincaram conosco como se fôssemos crianças.

– Como?

– Os tiros... o ataque... o incêndio... tudo isso foi piada para nos atrair até lá... Uma diversão... Durante esse tempo, imobilizaram nossos dois homens e o serviço estava feito.

– Que serviço?

– A retirada do ferido, diabos!

– Vamos, você acredita nisso?

– Se eu acredito! É a verdade nua e crua. Há dez minutos que essa ideia me veio. Mas eu sou mesmo um imbecil de não ter pensado nisso antes. Nós os teríamos pego a todos.

Quevillon bateu o pé em um súbito ataque de raiva.

– Mas onde, bom Deus? Por onde eles passaram? Por onde o levaram? E ele, o safado, onde se escondeu? Pois, enfim! Esmiuçamos o terreno o dia todo, e um indivíduo não se esconde em um tufo de grama, ainda mais quando está ferido. Parece magia essa história!...

O brigadeiro Quevillon não estava no fim de seus espantos. De madrugada, quando entraram no oratório que servia de cela ao jovem Beautrelet, constatou-se que o jovem Beautrelet havia desaparecido. Sobre uma cadeira, curvado, dormia o guarda. Ao lado dele, havia uma garrafa e dois copos. No fundo de um dos copos, avistava-se um pouco de pó branco.

Depois do exame ficou provado: primeiro, que Beautrelet havia administrado um narcótico ao guarda; segundo, que ele não poderia ter escapado senão pela janela, situada a dois metros e meio de altura; e, enfim, detalhe encantador, que ele não poderia ter alcançado essa janela a não ser utilizando como degrau o ombro de seu carcereiro.

2
Isidore Beautrelet, aluno de retórica

Extraído do Grand Jornal:

NOTÍCIAS DA NOITE

SEQUESTRO DO DOUTOR DELATTRE.
UM GOLPE DE LOUCA AUDÁCIA.

No momento da impressão, trouxeram-nos uma notícia da qual não ousamos garantir a autenticidade, de tal maneira nos parece inacreditável. Damo-la, portanto, com todas as reservas.

"Ontem à noite, o dr. Delattre, o célebre cirurgião, assistia, com sua mulher e sua filha, à representação de Hernani, na Comédia Francesa. No começo do terceiro ato, ou seja, por volta das 10 horas, a porta de seu camarote se abriu; um senhor, acompanhado por dois outros, inclinou-se para o doutor e disse-lhe, alto o bastante para que a sra. Delattre ouvisse:

– Doutor, tenho uma missão das mais lamentáveis a cumprir e seria-lhe muito grato se me facilitasse a tarefa.

– Quem é o senhor?

– O sr. Thézard, comissário de polícia, e tenho ordens de conduzi-lo até o sr. Dudouis, na delegacia.

– Mas...

A Agulha Oca

– Nem uma palavra, doutor, suplico-lhe, nem um gesto... Há aqui um engano lamentável e é por isso que devemos agir em silêncio e sem chamar a atenção de ninguém. Antes do fim da representação, o senhor estará de volta, sem dúvida.

O doutor se levantou e seguiu o comissário. Ao fim da representação, ele não tinha voltado.

Muito inquieta, a sra. Delattre foi até o comissariado de polícia. Ali ela encontrou o verdadeiro sr. Thézard, e percebeu, para seu grande pavor, que o indivíduo que havia levado seu marido era apenas um impostor.

As primeiras investigações revelaram que o doutor havia entrado em um automóvel e que este automóvel havia se movido em direção à la Concorde.

Nossa segunda edição colocará os leitores a par dessa incrível história."

Por mais incrível que pudesse parecer, a história era verdadeira. O desfecho, aliás, não deveria tardar, e *O Grand Jornal*, ao mesmo tempo em que a confirmava em sua edição do meio-dia, contava em poucas palavras a reviravolta que a concluía.

O FIM DA HISTÓRIA
E o começo das suposições.

Nesta manhã, às 9 horas, o dr. Delattre foi deixado diante da porta do número 78 da rua Duret, por um automóvel que imediatamente se afastou com rapidez. O número 78 da rua Duret não é outra coisa senão a clínica do próprio dr. Delattre, clínica onde, a cada manhã, ele chega a essa mesma hora.

Quando nos apresentamos, o doutor, que estava em conferência com o chefe da Segurança, quis, apesar disso, nos receber.

– Tudo o que posso dizer-lhes – respondeu ele –, é que me trataram com o maior respeito. Meus três companheiros foram as *pessoas mais encantadoras que jamais conheci, de uma polidez requintada, espirituosos e bons interlocutores, o que não era de se desprezar, dada a duração da viagem.*

– Quanto tempo durou ela?
– Por volta de quatro horas.
– E o objetivo dessa viagem?
– Fui conduzido a um doente que necessitava de uma intervenção cirúrgica imediata.
– E a operação foi bem-sucedida?
– Sim, mas os desdobramentos são a se temer. Aqui, eu responderia pelo doente. Lá... nas condições do lugar onde ele se encontra...
– Condições ruins?
– Execráveis... Um quarto de albergue... e a impossibilidade, por assim dizer, absoluta de receber cuidados.
– Então quem pode salvá-lo?
– Um milagre... e depois, sua constituição, de uma força excepcional.
– E o senhor não pode falar mais sobre esse estranho paciente?
– Não posso. Primeiro porque prometi, e depois porque recebi a soma de 10 mil francos[2] em favor de minha clínica popular. Se eu não mantiver silêncio, esta soma será pega de volta. – Vamos lá! O senhor acredita nisso?
– Por Deus, sim, eu acredito. Todas aquelas pessoas tinham o ar extremamente sério.

Tais foram as declarações que nos fez o doutor.

E sabemos, de outro lado, que o chefe da Segurança não teve sucesso tampouco em tirar dele informações mais precisas sobre a cirurgia que praticou, sobre o doente do qual cuidou e sobre as regiões que o automóvel percorreu. A verdade parece, portanto, difícil de se conhecer.

---

2. Francos de 1909 (Nota do editor)

A Agulha Oca

Essa verdade, que o redator da entrevista declarava ser impossível de descobrir, os espíritos um pouco clarividentes adivinharam pela simples aproximação dos fatos que haviam se passado no castelo d'Ambrumésy na véspera e que todos os jornais reportaram no mesmo dia, nos mínimos detalhes. Havia, evidentemente, entre o desaparecimento de um ladrão ferido e esse sequestro de um cirurgião célebre, uma coincidência que era necessário levar em conta.

A investigação, aliás, demonstrou a justeza da hipótese. Seguindo a pista do pseudo-motorista que havia fugido em uma bicicleta, averiguaram que ele havia tomado a direção da floresta de Arques, situada a cerca de quinze quilômetros; que, de lá, depois de ter jogado a bicicleta em um fosso, dirigiu-se à aldeia de Saint-Nicolas, e que enviara uma nota assim escrita:

"A.L.N., SALA 45, PARIS
Situação desesperada. Operação urgente.
Expeça celebridade pelo nacional quatorze."

A prova era irrefutável. Prevenidos, os cúmplices de Paris se apressaram em tomar suas providências. Às 10 horas da noite, expediram a celebridade pela estrada nacional número 14, que contorna a floresta de Arques e chega a Dieppe. Durante esse tempo, favorecidos pelo incêndio ateado por eles mesmos, o bando de ladrões pegava seu chefe e o transportava para um albergue, onde acontecera a cirurgia com a chegada do doutor, por volta das 2 horas da manhã.

Até aí, nenhuma dúvida. Em Pontoise, em Gournay, em Forges, o inspetor geral Ganimard, enviado especialmente de Paris, juntamente com o inspetor Folenfant, constatou a passagem de um automóvel durante a noite precedente... O mesmo na estrada de Dieppe à Ambrumésy; e se, subitamente se perdia a pista do veículo a cerca de meia légua do castelo, ao menos podia-se notar numerosos vestígios de passos entre a pequena porta do parque e as ruínas do claustro. Além disso, Ganimard observou que a fechadura da pequena porta havia sido forçada.

Portanto, tudo se explicava. Restava encontrar o albergue de que o doutor havia falado. Tarefa fácil para um Ganimard enfurecido, paciente e velho de estrada na polícia. O número de albergues é limitado, e aquele, dado o estado do ferido, não podia estar em outro lugar que não nos arredores de Ambrumésy. Ganimard e o brigadeiro puseram mãos à obra. Num raio de quinhentos metros, depois de um quilômetro, depois de cinco quilômetros, visitaram e vasculharam tudo o que pudesse se passar por um albergue. Mas, contra toda a expectativa, o moribundo teimou em permanecer invisível.

Ganimard obstinou-se. Foi dormir na noite de sábado no castelo, com a intenção de fazer sua investigação pessoal no domingo. Ora, no domingo de manhã, soube que uma ronda de policiais havia percebido na mesma noite uma silhueta que deslizava na trilha, fora dos muros. Seria um cúmplice que voltava com informações? Deveria-se supor que o chefe do bando não havia deixado o claustro ou seus arredores?

À noite, Ganimard dirigiu-se abertamente para o esquadrão de policiais postado do lado da fazenda e se colocou, juntamente com Folenfant, atrás dos muros, perto da porta.

Um pouco antes da meia-noite, um indivíduo surgiu do bosque, correu entre eles, franqueou a soleira da porta e penetrou no parque. Durante três horas viram-no errar por entre as ruínas, abaixando-se, escalando antigos pilares, ficando às vezes imóvel por longos minutos. Depois ele se aproximou da porta e passou novamente entre os dois inspetores.

A Agulha Oca

Ganimard pegou-o pelo colarinho, ao mesmo tempo em que Folenfant pegava-o pelo corpo. Ele não resistiu, e, da maneira mais dócil do mundo deixou que lhe amarrassem os punhos e o conduzissem ao castelo. Mas, quando quiseram interrogá-lo, respondeu simplesmente que não devia satisfações e que esperaria a vinda do juiz.

Então ataram-no solidamente ao pé de um leito, em um dos dois quartos contíguos que ocupavam.

Na segunda-feira de manhã, às 9 horas, assim que o sr. Filleul chegou, Ganimard anunciou-lhe a captura que havia efetuado. Desceram o prisioneiro. Era Isidore Beautrelet.

– Sr. Isidore Beautrelet! – exclamou o sr. Filleul com um ar alegre e estendendo as mãos para o recém-chegado. – Que boa surpresa! Nosso excelente detetive amador aqui, à nossa disposição!... Mas é uma bênção! Senhor inspetor, permita que eu lhe apresente o sr. Beautrelet, aluno de retórica do Liceu Janson-de-Sailly.

Ganimard pareceu um pouco surpreso. Isidore cumprimentou-o baixinho, como um colega a quem se dá o devido valor e, virando-se para o sr. Filleul:

– Parece, senhor juiz, que o senhor recebeu boas informações sobre mim?

– Perfeitas! Para começar, o senhor estava mesmo em Veules-les-Roses no momento em que a srta. de Saint-Véran acreditou tê-lo visto na trilha. Descobriremos, não duvido, a identidade de seu sósia. Depois, o senhor é realmente Isidore Beautrelet, aluno de retórica, e mesmo um excelente aluno, estudioso e de conduta exemplar. Como seu pai, mora na província, o senhor sai uma vez por mês com seu correspondente, o sr. Bernod, o qual não economiza elogios a seu respeito.

– De maneira que...

– De maneira que o senhor está livre.

– Absolutamente livre?

– Absolutamente. Ah! E, no entanto, colocarei aqui uma pequena, bem pequena condição. O senhor compreende que não posso libertar um senhor que administra narcóticos, que foge pelas janelas e que, em seguida, é preso em flagrante delito de vagabundagem em propriedades privadas, que não posso fazê-lo sem uma compensação.

– Eu aguardo.

– Bem! Vamos retomar nossa entrevista interrompida, e o senhor me dirá em que ponto está em suas investigações. Em dois dias de liberdade conseguiu levá-las muito mais longe?

E como Ganimard se preparava para sair, com uma afetação de desprezo por esse gênero de exercício, o juiz disse:

– Mas de maneira nenhuma, senhor inspetor, seu lugar é aqui... Asseguro-lhe que vale a pena escutar o sr. Isidore Beautrelet. O sr. Isidore Beautrelet, segundo minhas informações, consolidou, no Liceu Janson-de-Sailly uma fama de observador junto ao qual nada lhe passa desapercebido, e seus colegas, disseram-me, consideram-no seu emulador, o rival de Herlock Sholmes.

– Sério mesmo! – disse Ganimard, ironicamente.

– Perfeitamente. Um deles me escreveu: "Se Beautrelet declara que sabe, é preciso acreditar, e, o que disser, não duvide que será a expressão exata da verdade". Sr. Isidore Beautrelet, é agora ou nunca o momento de justificar a confiança de seus camaradas. Conjuro-o, dê-nos a expressão exata da verdade.

Isidore escutava sorrindo e respondeu:

– Senhor juiz, o senhor é cruel. O senhor zomba dos pobres estudantes que se divertem como podem. O senhor tem razão, mas, por outro lado, não lhe darei outros motivos para rir de mim.

A Agulha Oca

– É porque o senhor não sabe de nada, sr. Isidore Beautrelet.

– Eu confesso, de fato, muito humildemente, que não sei de nada. Pois não chamo de "saber alguma coisa" a descoberta de dois ou três pontos mais precisos que não poderiam, de resto, tenho certeza, terem lhe escapado.

– Por exemplo?

– Por exemplo, o objeto do roubo.

– Ah!, decididamente o objeto do roubo é conhecido pelo senhor?

– Pelo senhor também, tenho certeza. Foi a primeira coisa que estudei, já que essa tarefa me parecia ser a mais fácil.

– Mais fácil realmente?

– Meu Deus, sim. Trata-se somente de raciocinar.

– Não mais que isso?

– Não mais que isso.

– E esse raciocínio?

– Aqui está, despojado de qualquer comentário. De um lado, há um furto, pois as duas senhoritas estão de acordo quanto a isso – e elas realmente viram dois homens que fugiam com objetos.

– Houve um furto.

– De outro lado, nada desapareceu, pois o sr. de Gesvres o afirma, e ele está, melhor que qualquer um, em posição de sabê-lo.

– Nada desapareceu.

– Dessas duas constatações, resulta inevitavelmente essa consequência: uma vez que houve um furto e que nada desapareceu, foi porque o objeto roubado foi substituído por um objeto idêntico. Pode ser, apresso-me em dizer, que esse raciocínio não esteja ratificado pelos fatos. Mas eu sustento que é o primeiro que deve se oferecer a nós e que só temos o direito de descartá-lo após um exame sério.

– Certamente... certamente... murmurou o juiz, visivelmente interessado.

– Ora, continuou Isidore, o que haveria nesse salão que pudesse despertar a cobiça de ladrões? Duas coisas. Para começar, a tapeçaria. Não pode ser isso. Uma tapeçaria antiga não se imita, e a fraude teria lhes saltado aos olhos. Sobrariam os quatro Rubens.

– O que o senhor está dizendo?

– Estou dizendo que os quatro Rubens pendurados nessa parede são falsos.

– Impossível!

– Eles são falsos, a priori, fatalmente e sem apelação.

– Repito que é impossível.

– Há quase um ano, senhor juiz, um jovem que dizia se chamar Charpenais, veio ao castelo de Ambrumésy e pediu permissão para copiar os quadros de Rubens. Essa permissão foi-lhe dada pelo sr. de Gesvres. A cada dia, durante cinco meses, de manhã até à noite, Charpenais trabalhou nesse salão. Essas são as cópias que ele fez, molduras e telas, que tomaram o lugar dos quatro grandes quadros originais legados ao sr. de Gesvres por seu tio, o marquês de Bobadilla.

– A prova?

– Não tenho prova para lhe dar. Um quadro é falso porque é falso, e acredito que nem seja necessário examinar esses.

O sr. Filleul e Ganimard olharam-se sem dissimular seu espanto. O inspetor não desejava mais se retirar. No fim, o juiz murmurou:

– Seria preciso pedir a opinião do sr. de Gesvres.

E Ganimard aprovou:

– Seria preciso pedir sua opinião.

E mandaram avisar ao conde que pediam que ele viesse ao salão.

A Agulha Oca

Era uma verdadeira vitória que o jovem retórico obtinha. Obrigar dois homens experientes, dois profissionais como o sr. Filleul e Ganimard a levarem em conta suas hipóteses, havia aí uma homenagem que suplantava qualquer outra. Mas Beautrelet parecia insensível a essas pequenas satisfações de amor-próprio, e, sempre sorridente, sem a menor ironia, esperou o sr. de Gesvres entrar.

– Senhor conde, disse-lhe o juiz, a continuação da nossa investigação colocou-nos diante de uma eventualidade bastante imprevista e que lhe apresentaremos sob todas as reservas. Poderia ser... e friso: poderia ser... que os ladrões, introduzidos aqui, teriam por objetivo roubar seus quatro Rubens ou ao menos substitui-los por quatro cópias... cópias que foram executadas, há um ano, por um pintor chamado Charpenais. O senhor gostaria de examinar esses quadros e nos dizer se os reconhece como autênticos?

O conde pareceu reprimir um movimento de contrariedade; observou Beautrelet, depois o sr. Filleul, e respondeu, sem se dar ao trabalho de se aproximar das pinturas:

– Eu esperava, senhor juiz, que a verdade continuasse ignorada. Já que não é assim, não hesito em declarar: esses quatro quadros são falsos.

– O senhor sabia, portanto?

– Desde o primeiro minuto.

– Por que o senhor não nos disse?

– O dono de um objeto jamais se apressa em dizer que um objeto não é... ou não é mais autêntico.

– No entanto, seria a única maneira de reencontrá-los.

– Eu tinha uma melhor.

– Qual?

– A de não divulgar o segredo, não assustar meus ladrões

e de propor-lhes recomprar os quadros, com os quais devem estar um pouco embaraçados.

– Como se comunicar com eles?

O conde não respondeu. Foi Isidore quem disse:

– Através de uma nota inserida nos jornais. Essa notinha, publicada no *Le Journal* e no *Le Matin*, é assim concebida: "*Estou disposto a recomprar os quadros*".

O conde confirmou com a cabeça. Uma vez mais o jovem suplantava os mais velhos.

O sr. Filleul foi um bom perdedor.

– Decididamente, caro senhor, começo a acreditar que seus camaradas não estão absolutamente errados. Caramba, que olhar aguçado, que intuição! Se isso continuar, o sr. Ganimard e eu não teremos mais nada a fazer.

– Oh! Tudo isso não era assim tão complicado.

– O resto é um pouco mais, é o que o sr. quer dizer? Lembro-me, de fato, que, logo em nosso primeiro encontro, o senhor parecia saber mais um pouco. Vejamos, que eu me lembre, o senhor afirmou que sabia o nome do assassino?

– De fato.

– Quem então matou Jean Daval? Esse homem está vivo? Onde se esconde?

– Há um mal-entendido entre nós, senhor juiz, ou melhor, um mal-entendido entre os senhores e a realidade dos fatos, e isso desde o começo. O assassino e o fugitivo são dois indivíduos diferentes.

– Que está dizendo? – exclamou o sr. Filleul. O homem que o sr. de Gesvres viu no *boudoir* e contra o qual lutou, o homem que essas senhoritas viram no salão e no qual a srta. de Saint-Véran atirou, o homem que caiu no parque e que nós procuramos, esse homem não é o que matou Jean Daval?

– Não.

– O senhor descobriu indícios de um terceiro cúmplice, que teria desaparecido antes da chegada das senhoritas?

– Não.

– Então não compreendo mais nada... Quem então é o assassino de Jean Daval?

– Jean Daval foi morto por...

Beautrelet interrompeu-se, ficou pensativo por um instante, depois continuou:

– Mas antes é necessário que eu mostre aos senhores o caminho que percorri para chegar a essa conclusão e as razões do assassinato... sem isso minha acusação lhes parecerá monstruosa... E ela não o é... não, ela não o é... Há um detalhe que não foi notado e que, no entanto, tem a maior importância, e é que Jean Daval, no momento em que foi atingido, estava todo vestido, calçado com suas botinas de caminhada, em resumo, vestido como nos vestimos em pleno dia. Ora, o crime foi cometido às 4 horas da manhã.

– Eu tomei nota dessa bizarrice, disse o juiz, e de Gesvres respondeu-me que Daval passava uma parte de suas noites trabalhando.

– Os criados disseram, ao contrário, que ele se deitava regularmente bem cedo. Mas admitamos que estivesse acordado: por que desfez sua cama de maneira a fazer crer que estava deitado? E se ele estava deitado, por que, escutando barulho, teria se dado ao trabalho de se vestir dos pés à cabeça ao invés de se vestir sumariamente? Visitei seu quarto no primeiro dia, enquanto os senhores almoçavam: seus chinelos estavam ao pé de sua cama. O que o impediria de calçá-los ao invés de suas pesadas botinas?

– Até aqui eu não vejo...

– Até aqui, de fato, o senhor não poderia ver mais que anomalias. No entanto, elas me pareceram muito mais suspeitas quando soube que o pintor Charpenais – o copista dos Rubens – havia sido apresentado ao conde pelo próprio Jean Daval.

– E então?

– E, então, daí a concluir que Jean Daval e Charpenais eram cúmplices, é só um passo. Esse passo, eu o tinha dado desde a nossa conversação.

– Um pouco rápido, me parece.

– Sem dúvida. Era necessária uma prova material. Ora, eu descobri no quarto de Daval, em uma das folhas do bloco onde ele escrevia, esse endereço, que ainda está lá, aliás, decalcado pelo mata-borrão: "*Sr. A. L. N., sala 45, Paris*". No dia seguinte, descobriu-se que o telegrama enviado de Saint-Nicolas pelo pseudo-motorista tinha esse mesmo endereço: "*A. L. N., sala 45*". A prova material existia, Jean Daval se correspondia com o bando que havia organizado o roubo dos quadros.

O sr. Filleul não levantou nenhuma objeção.

– Que seja. A cumplicidade está estabelecida. E o senhor conclui?

– Isso para começar: que não foi absolutamente o fugitivo que matou Jean Daval, pois Jean Daval era seu cúmplice.

– Então?

– Senhor juiz, lembre-se da primeira frase que o sr. de Gesvres pronunciou, assim que acordou de seu desmaio. A frase, reproduzida pela srta. de Gesvres, consta no relatório: "*Não estou ferido. E Daval?... ele está vivo?... A faca?*". E peço-lhes que a aproximem dessa parte de sua narrativa, que consta igualmente no relatório, onde o sr. de Gesvres narra a agressão: "*O homem saltou sobre mim e me atordoou com um soco na nuca*". Como o sr. de Gesvres, que estava desmaiado, poderia saber, ao acordar, que Daval havia sido atingido por uma faca?

Beautrelet não esperou por nenhuma resposta à sua pergunta. Diria-se que tinha pressa em fazê-la por si mesmo e não dar chance a nenhum comentário. Continuou logo em seguida:

– Portanto, foi Jean Daval quem conduziu os três ladrões até este salão. Assim que se encontraram aqui com aquele que chamam de seu chefe, um barulho se fez ouvir dentro do *boudoir*. Daval abriu a porta. Reconhecendo o sr. de Gesvres, precipitou-se sobre ele, armado de uma faca. O sr. de Gesvres conseguiu arrancar-lhe a faca, atingiu-o e caiu, ele mesmo, atingido por um soco desse indivíduo, que as duas moças devem ter visto alguns minutos depois.

Novamente, o sr. Filleul e o inspetor se olharam. Ganimard abanou a cabeça com um ar desconcertado. O juiz perguntou:

– Senhor conde, devo crer que esta versão é exata?...

O sr. de Gesvres não respondeu.

– Vamos, senhor conde, seu silêncio nos permite supor...

Muito claramente, o sr. de Gesvres disse:

– Esta versão é exata em todos os pontos.

O juiz sobressaltou-se.

– Então não compreendo por que o senhor induziu a Justiça ao erro. Por que ocultar um ato que o senhor teria o direito de cometer, sendo em legítima defesa?

– Há vinte anos – disse o senhor de Gesvres –, Daval trabalhava ao meu lado. Eu confiava nele. Ele me prestou serviços inestimáveis. Se me traiu, em razão de não sei quais tentações, eu ao menos não queria, por consideração às lembranças do passado, que sua traição fosse conhecida.

– O senhor não queria, que seja, mas o senhor deveria...

– Não sou de sua opinião, senhor juiz. Desde que nenhum inocente seja acusado desse crime, tenho todo o direito de não acusar aquele que foi ao mesmo tempo culpado e vítima. Ele está morto. Acredito que a morte seja castigo suficiente.

– Mas agora, senhor conde, agora que a verdade é conhecida, o senhor pode falar.

– Sim. Aqui estão dois rascunhos de cartas escritas por ele a seus cúmplices. Peguei-os em sua carteira, alguns minutos depois de sua morte.

– E o motivo do roubo?

– Vá até Dieppe, no número 18 da rua de la Barre. Lá mora uma certa sra. Verdier. Foi por essa mulher, que ele conheceu há dois anos, para prover suas necessidades financeiras, que Daval roubou.

Assim, tudo se esclarecia. O drama saía das sombras e, pouco a pouco, aparecia em plena luz.

– Continuemos, disse o sr. Filleul, depois que o conde se retirou.

– Por Deus, disse Beautrelet alegremente, estou mais ou menos no fim de minhas conclusões.

– Mas o fugitivo, o ferido?

– Sobre isso, senhor juiz, o senhor sabe tanto quanto eu... O senhor seguiu seu rastro na relva do claustro... o senhor sabe...

– Sim, eu sei... mas, depois, levaram-no, e o que eu queria eram as informações sobre esse albergue...

Isidore Beautrelet teve um acesso de riso.

– O albergue! O albergue não existe! Foi um truque para despistar a Justiça, um truque engenhoso, já que deu certo.

– Mas o dr. Delattre afirma...

– Sim! Justamente – exclamou Beautrelet, em tom convicto. – É porque o dr. Delattre o afirma que é preciso não acreditar. Como! O dr. Delattre só quis dar, de sua aventura, os detalhes mais vagos! Não quis dizer nada que pudesse comprometer a segurança de seu paciente... E eis que de repente chama a atenção para um albergue! Mas estejam certos de que, se ele pronunciou a palavra albergue, foi porque isso lhe foi imposto. Estejam certos de que toda a história que nos foi apresentada lhe foi ditada sob ameaça de represálias terríveis. O doutor tem mulher e uma filha. E ama demais as duas para desobedecer a elas, das quais já experimentou o formidável poder. E foi por isso que ele lhes forneceu a mais precisa das informações.

– Tão precisa que não conseguimos encontrar o albergue.

– Tão precisa que os senhores não pararam de procurá-lo, contra todas as evidências, e que seus olhos não se voltaram para o único lugar onde esse homem poderia estar, para esse lugar misterioso que ele nunca deixou, que ele não poderia deixar, o lugar para o qual, desde o instante em que, ferido pela srta. de Saint-Véran, conseguiu se arrastar como um animal em seu covil.

– Mas onde, caramba?...

– Nas ruínas da antiga abadia.

– Mas não há mais ruínas! Alguns pedaços de muro! Algumas colunas!

– Foi lá que ele se escondeu, senhor juiz, gritou com força, Beautrelet, é lá que é preciso limitar suas investigações! É lá e em nenhum outro lugar que os senhores encontrarão Arsène Lupin.

– Arsène Lupin! – exclamou o sr. Filleul, dando um pulinho.

Houve um silêncio um pouco solene, onde ecoaram as sílabas do famoso nome. Arsène Lupin, o grande aventureiro, o rei dos ladrões, seria possível que fosse este o adversário vencido e, no entanto, invisível, contra o qual se encarniçavam havia vários dias? Mas Arsène Lupin pego em uma armadilha, preso por um juiz, era o progresso imediato, a sorte, a glória!

Ganimard não havia se mexido. Isidore perguntou-lhe:

– O senhor é da mesma opinião, não é, senhor inspetor?

– Por Deus!

– O senhor também não, não é, o senhor nunca duvidou que fosse ele o organizador desse golpe?

– Nem por um segundo! Sua assinatura está nele. Um golpe de Lupin difere de outro golpe qualquer como um rosto de outro rosto. Só é necessário abrir os olhos.

– O senhor acredita... o senhor acredita... repetiu o sr. Filleul.

– Se eu acredito! – bradou o jovem. – Considere apenas esse pequeno fato: sob quais iniciais essas pessoas se correspondem? A. L. N., ou seja, a primeira letra do nome Arsène, a primeira e a última do nome Lupin.

– Ah – disse Ganimard –, nada escapa ao senhor! O senhor é um tipo rigoroso ao qual o velho Ganimard se rende.

Beautrelet enrubesceu de prazer e apertou a mão que o inspetor lhe estendia. Os três homens haviam se aproximado da varanda, e seus olhares se estendiam pelo campo das ruínas. O sr. Filleul murmurou:

– Então ele estaria ali.

– *Ele está lá* – disse Beautrelet, com uma voz surda. – Ele está lá desde o minuto em que caiu. Lógico e praticamente ele não poderia escapar sem ser avistado pela srta. de Saint-Véran e pelos dois criados.

– Que prova o senhor tem disso?

– A prova, seus cúmplices nos deram. Naquela manhã um deles, disfarçado de motorista, conduziu-os aqui...

– Para recuperar o boné, prova de identidade.

– Que seja, mas também, e sobretudo, para visitar os lugares, ficar ciente e ver por si mesmo o que tinha acontecido com o chefe.

— E ele ficou ciente?

— Suponho que sim, já que ele conhecia o esconderijo. E suponho que o estado desesperador de seu chefe lhe foi revelado, uma vez que, sob o efeito da preocupação ele cometeu a imprudência de escrever esse bilhete ameaçador: "*Ai da senhorita, se ela tiver matado o chefe*".— Mas depois seus amigos não puderam levá-lo embora?

— Quando? Seus homens não deixaram as ruínas. E depois, para onde iriam transportá-lo? No máximo a algumas centenas de metros de distância, pois não se leva um moribundo para viajar... e então os senhores o teriam encontrado. Não, eu lhes digo que ele está lá. Nunca seus amigos o teriam resgatado, mesmo na mais segura das retiradas. Foi para lá que levaram o doutor, enquanto os guardas corriam para o incêndio como crianças.

— Mas como ele sobrevive? Para sobreviver, é necessário alimentos e água!

— Não posso dizer nada... não sei de nada... mas ele está lá, eu juro. Ele está lá porque não pode não estar. Tenho certeza, como se o visse, como se o tocasse. Ele está lá.

Com o dedo estendido na direção das ruínas, ele desenhava no ar um pequeno círculo, que diminuía pouco a pouco, até não ser mais do que um ponto. E este ponto os dois camaradas procuravam perdidamente, ambos debruçados sobre o espaço, ambos emocionados pela mesma fé de Beautrelet e ambos arrepiados pela ardente convicção que este lhes havia imbuído. Sim, Arsène Lupin estava ali. Na teoria como na prática, ele estava ali, nenhum dos dois podia mais duvidar disso. E havia qualquer coisa de impressionante e de trágico em saber que, naquele refúgio tenebroso, deitado no chão, sem socorro, febril, exausto, encontrava-se o célebre aventureiro.

– E se ele morrer? – perguntou o sr. Filleul, em voz baixa.

– Se ele morrer – disse Beautrelet –, e seus cúmplices o souberem com certeza, cuide da srta. de Saint-Véran, senhor juiz, pois a vingança será terrível.

Alguns minutos mais tarde, e malgrado as instâncias do sr. Filleul, que havia de bom grado se acomodado a esse precioso auxiliar, Beautrelet, cujo feriado terminava naquele dia, tomou de volta a estrada até Dieppe. Desembarcou em Paris por volta de 5 horas e, às 8 horas, atravessava, ao mesmo tempo que seus colegas, a porta do Liceu Janson.

Ganimard, depois de uma exploração tão minuciosa quanto inútil nas ruínas de Ambrumésy, retornou pelo expresso da noite. Chegando em casa, encontrou essa correspondência:

"*Senhor inspetor geral,*

Tendo eu tido um pouco de tempo no final do dia, pude reunir algumas informações complementares que não deixarão de interessá-lo.

Há um ano Arsène Lupin vive em Paris, com o nome de Étienne de Vaudreix. É um nome que o senhor pode ler frequentemente nas colunas sociais ou nos eventos esportivos. Grande viajante, ele tem longas ausências, durante as quais declara que vai caçar tigres em Bengala ou raposas azuis na Sibéria. Sabe-se que ele se ocupa de negócios, sem que ninguém saiba precisar de que tipo.

Seu domicílio atual: rua Marbeuf, 36. (Peço-lhe que observe que a rua Marbeuf fica próxima à agência dos correios número 45.) Desde quinta-feira, 23 de abril, véspera da agressão de Ambrumésy, não há nenhuma notícia de Étienne de Vaudreix.

Receba, senhor inspetor geral, com toda a minha gratidão pela benevolência que me testemunhou, a garantia de meus melhores sentimentos.

Isidore Beautrelet.

A Agulha Oca

Post-Scriptum. – Sobretudo não acredite que me foi preciso grande incômodo para obter essas informações. Na mesma manhã do crime, enquanto o sr. Filleul prosseguia sua explanação diante de alguns privilegiados, tive a feliz inspiração de examinar o boné do fugitivo antes que o pseudo-motorista viesse trocá-lo. O nome do chapeleiro foi o suficiente, como pode imaginar, para encontrar o fio condutor que me fez descobrir o nome do comprador e seu domicílio."

No dia seguinte, de manhã, Ganimard se apresentou no número 36 da rua Marbeuf. Uma vez tomadas as informações com a zeladora, fê-la abrir o apartamento do andar térreo, à direita, onde não descobriu nada além de cinzas na lareira. Quatro dias antes, dois amigos tinham vindo queimar todos os papéis comprometedores. Mas, quando já estava de saída, Ganimard cruzou o carteiro, que trazia uma carta para o sr. de Vaudreix. À tarde, o Ministério Público, encarregado da tarefa, reclamara a carta. Ela tinha carimbo da América e continha essas linhas, escritas em inglês:

"Senhor,
Confirmo-lhe a resposta que dei a seu agente. Assim que estiver de posse das quatro pinturas do sr. de Gesvres, expeça-as da maneira acordada. Junte a elas o resto, se conseguir, o que duvido muito.
Um imprevisto me obrigando a partir, chegarei ao mesmo tempo que esta carta. O senhor me encontrará no Grand-Hôtel.
Harlington."

No mesmo dia, Ganimard, munido de um mandado de prisão, conduzia à casa de detenção o sr. Harlington, cidadão americano, acusado de receptação e de cumplicidade de roubo.

Assim, portanto, no espaço de vinte e quatro horas, graças às instruções realmente inesperadas de um rapazinho de 17 anos, todos os nós da intriga se desataram. Em vinte e quatro horas, tudo o que parecia inexplicável tornara-se simples e claro. Em vinte e quatro horas, os planos dos cúmplices para salvar seu chefe haviam se frustrado, a captura de Arsène Lupin ferido, moribundo, era iminente, seu bando, desorganizado, sua instalação em Paris, conhecida, a máscara que ele usava rompia-se pela primeira vez antes que ele pudesse se assegurar da completa execução de um de seus golpes mais hábeis e mais longamente estudados.

Isso foi para o público como um imenso clamor de espanto, de admiração e de curiosidade. Já o jornalista de Rouen, em um artigo muito bem-sucedido, havia contado sobre o primeiro interrogatório do jovem aluno de retórica, destacando sua graça, seu charme ingênuo e sua segurança tranquila. As indiscrições às quais Ganimard e o sr. Filleul renderam-se sem querer, levados por um desejo mais forte que seu orgulho profissional, esclareceram o público sobre o papel de Beautrelet durante os últimos acontecimentos. Ele sozinho havia feito tudo. Somente a ele pertencia o mérito da vitória.

Entusiasmaram-se. De um dia para outro, Isidore Beautrelet era um herói, e a multidão, repentinamente apaixonada, exigia os mais amplos detalhes sobre seu novo favorito. Os repórteres estavam ali.

Correram e tomaram de assalto o Liceu Janson-de-Sailly, vigiaram os alunos externos na saída das aulas e recolheram tudo o que dizia respeito, de perto ou de longe, a Beautrelet. Soube-se assim da reputação que gozava junto a seus camaradas aquele a quem chamavam o rival de Herlock Sholmes. Por raciocínio, por lógica e sem mais informações do que aquelas que havia lido nos jornais, ele havia, por diversas vezes, anunciado a solução de casos complicados, que a justiça só esclareceria muito tempo depois dele. Tinha se tornado um divertimento no Liceu Janson colocar para Beautrelet questões árduas, problemas indecifráveis, e se maravilhavam de ver com que segurança de análise, por meio de quais deduções engenhosas ele se orientava em meio às mais espessas trevas. Dez dias antes da prisão do merceeiro Jorisse, ele indicara o uso que se poderia ter feito do famoso guarda-chuva. O mesmo no drama de Saint-Cloud, quando declarara que o zelador seria o único assassino possível.

Mas o mais curioso foi o panfleto que encontraram em circulação entre os alunos do Liceu, panfleto assinado por ele, impresso em máquina de escrever e com a tiragem de dez exemplares. Com o título *"ARSÈNE LUPIN, seu método, no que ele é clássico e no que é original",* seguido de um paralelo entre o humor inglês e a ironia francesa.

Tratava-se de um estudo aprofundado de cada uma das aventuras de Lupin, onde as proezas do ilustre ladrão apareciam com um relevo extraordinário, onde era mostrado o próprio mecanismo de sua forma de agir, sua tática toda especial, suas cartas aos jornais, suas ameaças, os anúncios de seus roubos, em resumo, o conjunto de truques que ele empregava para "cozinhar" a vítima escolhida e colocá-la em um estado de espírito tal que ela quase se oferecia ao golpe maquinado contra ela e tudo de consumava, por assim o dizer, com o seu consentimento.

E o texto era tão justo como crítica, tão penetrante, tão vivo, de uma ironia ao mesmo tempo tão ingênua e tão cruel, que logo os risos passaram para o seu lado, e a simpatia da plateia se desviou sem transição de Lupin para Isidore Beautrelet, e, na luta que se iniciava entre eles, proclamava-se, antecipadamente, a vitória do jovem retórico.

Em todo caso, a possibilidade dessa vitória, tanto o sr. Filleul quanto o Ministério Público de Paris, pareciam enciumados de reservar-lhe. De um lado, de fato, não se conseguia estabelecer a identidade do sr. Harlington, nem se fornecer uma prova decisiva de sua filiação ao bando de Lupin. Comparsa ou não, ele se calava obstinadamente. Ainda mais, depois do exame de sua escrita, não se ousava mais afirmar que havia sido ele o autor da carta interceptada. Um sr. Harlington, provido de uma mala de viagem e de um caderninho amplamente provido de notas de banco, havia descido no Grand-Hôtel, eis tudo o que era possível afirmar. Por outro lado, em Dieppe, o sr. Filleul dormia nas posições que Beautrelet lhe havia conquistado. Não dava um passo adiante. Em torno do indivíduo que a srta. de Saint-Véran havia tomado por Beautrelet, na véspera do crime, o mesmo mistério. As mesmas trevas também em torno de tudo o que dizia respeito ao roubo dos quatro Rubens. O que teria acontecido às pinturas? E o automóvel que as levara noite adentro, que caminho havia tomado?

Em Luneray, em Yerville, em Yvetot, haviam recolhido provas de sua passagem, bem como em Caudebec-en-Caux, onde ele deveria ter atravessado o Sena ao amanhecer no barco a vapor. Mas quando levaram a enquete a fundo, constatou-se que o dito automóvel havia sido descoberto e que teria sido impossível amontoar nele quatro grandes pinturas sem que os empregados da balsa o percebessem. Era provavelmente o mesmo automóvel, mas então a questão ainda se colocava: o que havia acontecido aos quatro Rubens?

Vários problemas que o sr. Filleul deixava sem resposta. A cada dia seus subordinados vasculhavam o quadrilátero das ruínas. Quase todos os dias ele vinha pessoalmente dirigir as explorações. Mas daí a descobrir o esconderijo onde Lupin agonizava – desde que a teoria de Beautrelet fosse certa –, daí a descobrir esse esconderijo, havia um abismo, que o excelente juiz não parecia disposto a cruzar.

Assim, era natural que se voltassem para Isidore Beautrelet, já que apenas ele havia tido sucesso em dissipar as trevas que, sem ele, se tornavam mais intensas e mais impenetráveis. Por que ele não insistia nesse caso? Ao ponto em que o tinha levado, bastaria a ele um esforço para concluí-lo.

A pergunta lhe foi feita por um redator do *Grand Jornal*, que se introduziu no Liceu Janson sob o nome falso de Bernod, correspondente de Beautrelet. A quem Isidore respondeu, muito ajuizadamente:

– Caro senhor, não existe apenas Lupin nesse mundo. Não existem apenas histórias de ladrões e de detetives, existe também essa realidade que se chama o bacharelado. Ora, eu me apresento em julho. Nós estamos em maio. E não quero falhar. O que diria o meu querido pai?

– Mas o que diria ele se o senhor entregasse Arsène Lupin à justiça?

– Bah! Há tempo para tudo. No próximo feriado...

– De Pentecostes?

– Sim. Partirei no sábado, 6 de junho, no primeiro trem.

– E na tarde desse sábado, Arsène Lupin estará preso.

– O senhor me daria prazo até domingo? – perguntou Beautrelet, rindo.

– Por que esse atraso? – retrucou o jornalista em um tom mais sério.

Essa confiança inexplicável, nascida na véspera e já tão arraigada, todo mundo a sentia a respeito do jovem, mesmo que na realidade os eventos só a justificassem até certo ponto.

Não importa! Acreditavam. Da parte dele, nada parecia difícil. Esperavam dele o que poderiam esperar de algum fenômeno de clarividência e de intuição, de experiência e de habilidade. 6 de junho! Essa data brilhava em todos os jornais. Em 6 de junho, Isidore Beautrelet pegaria o expresso de Dieppe, e, na mesma noite, Arsène Lupin seria preso.

– A não ser que daqui até lá ele fuja... objetavam os últimos partidários do aventureiro.

– Impossível! Todas as saídas estão vigiadas.

– A menos então que ele não tenha sucumbido a seus ferimentos, tornavam os partidários, que teriam preferido a morte de seu herói a sua captura.

E a réplica era imediata:

– Vamos, se Lupin estivesse morto, seus cúmplices o saberiam, e ele seria vingado, Beautrelet disse isso.

E o dia 6 de junho chegou. Uma meia dúzia de jornalistas espreitava Isidore na estação de Saint-Lazare. Dois deles queriam acompanhá-lo durante a viagem. Ele suplicou-lhes que não o fizessem.

Foi, portanto, sozinho. Seu compartimento estava vazio. Muito cansado por causa de uma série de noites dedicadas ao trabalho, ele não tardou a dormir um sono pesado. No sonho, teve a impressão que parava em diferentes estações e pessoas subiam e desciam. Quando despertou, perto de Rouen, ainda estava sozinho. Mas, nas costas do banco oposto, uma larga folha de papel, fixada por um alfinete de tecido cinzento, se oferecia a seus olhos. E trazia essas palavras:

"Cada um com seus negócios. Ocupe-se dos seus. Senão, pior para o senhor."

– Perfeito! Disse ele, esfregando as mãos. Vai tudo mal no campo adversário. Essa ameaça é tão estúpida quanto aquela do pseudo-motorista. Que estilo! Percebe-se logo que não foi Lupin quem empunhou a pluma.

Atravessavam o túnel que precede a velha cidade normanda. Na estação, Isidore deu duas ou três voltas na plataforma para desentorpecer as pernas. Dispunha-se a ganhar novamente seu compartimento quando um grito lhe escapou. Passando perto da biblioteca, havia lido, distraidamente, na primeira página de uma edição especial do *Jornal de Rouen*, essas poucas linhas, das quais ele percebia subitamente o aterrorizante significado:

"*Última hora. – Chega-nos por telefone, de Dieppe, que, esta noite, os malfeitores entraram no castelo de Ambrumésy, amarraram e amordaçaram a srta. de Gesvres e sequestraram a srta. de Saint-Véran. Traços de sangue foram encontrados a quinhentos metros do castelo e, bem perto, foi encontrada uma echarpe igualmente suja de sangue. Teme-se que a infeliz moça tenha sido assassinada.*"

Até chegar em Dieppe, Isidore Beautrelet permaneceu imóvel. Curvado, os cotovelos no joelho e mãos no rosto, ele pensava. Em Dieppe, alugou um automóvel. Na entrada de Ambrumésy, encontrou o juiz, que confirmou o terrível acontecimento.

– O senhor não sabe de mais nada? – perguntou Beautrelet.

– Nada. Acabei de chegar.

No mesmo minuto, o brigadeiro e o guarda se aproximaram do sr. Filleul e lhe entregaram um pedaço de papel, amassado, rasgado, amarelado, que haviam acabado de recolher não longe do lugar onde haviam descoberto a echarpe. O sr. Filleul o examinou, depois estendeu-o a Isidore Beautrelet, dizendo:

– Isso não vai nos ajudar muito em nossas investigações.

Isidore virou e revirou o pedaço de papel. Coberto de números, de pontos e de sinais, ele mostrava exatamente o desenho que segue abaixo:

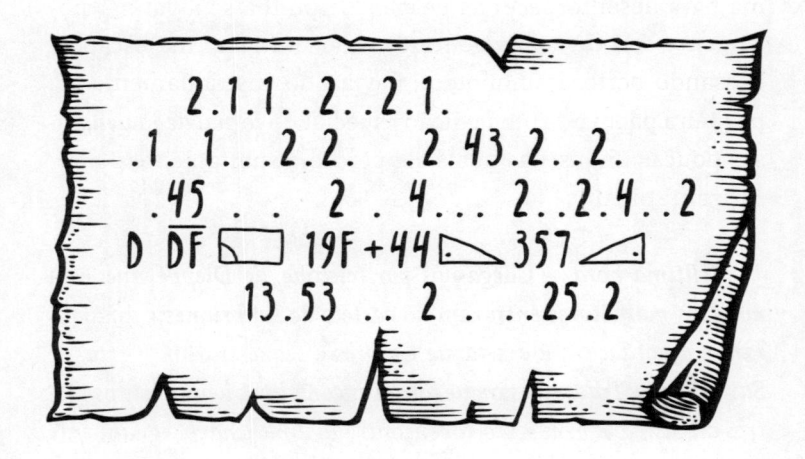

```
        2.1.1..2..2.1.
    .1..1...2.2.    .2.43.2..2.
      .45 ..  2 . 4 ... 2..2.4..2
    D DF ⌒ 19F+44 ⌒ 357 ⌒
          13.53 .. 2 . ...25.2
```

3

O cadáver

Lá pelas 6 horas da tarde, com suas operações terminadas, o sr. Filleul esperava, em companhia de seu escrivão, o sr. Brédoux, o carro que deveria levá-lo a Dieppe. Parecia agitado, nervoso. Por duas vezes, perguntou:
– O senhor não viu o jovem Beautrelet?
– Não, senhor juiz.
– Onde diabos ele pode estar? Não o vimos o dia todo.

De súbito, teve uma ideia, confiou sua pasta de papéis a Brédoux, contornou o castelo correndo e se dirigiu às ruínas.

Perto da grande arcada, de bruços no chão atapetado de longas agulhas de pinheiro, um dos braços dobrados sob a cabeça, Isidore parecia cochilar.
– O quê! O que aconteceu com o senhor? Está dormindo?
– Não estou dormindo. Estou pensando.
–Trata-se mesmo de pensar! É necessário olhar do começo. É necessário estudar os fatos, procurar as pistas, estabelecer os pontos de referência. É só depois que, pela reflexão, coordena-se tudo isso e descobre-se a verdade.
– Sim, eu sei... é o método habitual... e bom, sem dúvida. Eu tenho um outro... eu reflito para começar, trato, antes de tudo, de encontrar a ideia geral do caso, se é que posso me exprimir desse jeito. Depois imagino uma hipótese razoável, lógica, em

acordo com essa ideia geral. E é somente depois que eu examino se os fatos podem se adaptar a minha hipótese.
– Método estranho e muito complicado!
– Método seguro, sr. Filleul, enquanto que o do senhor não o é.
– Vamos, vamos, fatos são fatos.
– Com adversários quaisquer, sim. Mas por menos que o inimigo tenha alguma astúcia, os fatos são os que ele escolheu. Essas famosas pistas sobre as quais o senhor fundamenta sua investigação, ele foi livre para dispô-las a sua vontade. E perceba, então, quando se trata de um homem como Lupin, onde isso pode nos conduzir, para alguns erros e algumas inépcias! O próprio Sholmes caiu na armadilha.
– Arsène Lupin está morto.
– Que seja. Mas seu bando permanece, e os alunos de tal mestre são mestres também.

Filleul pegou Isidore pelo braço e arrastou-o consigo:
– Algumas palavras, meu jovem. Eis o que é mais importante. Escute bem. Ganimard, retido em Paris nesse momento, só chegará em alguns dias. Por outro lado, o conde de Gesvres telegrafou a Herlock Sholmes, o qual prometeu sua ajuda na próxima semana. O senhor não acha que haveria alguma glória em dizer a essas duas celebridades, no dia de sua chegada: "Mil perdões, caros senhores, mas não pudemos esperar tanto. A tarefa está terminada"?

Seria impossível confessar sua impotência com mais engenhosidade do que o fazia o bom sr. Filleul. Beautrelet reprimiu um sorriso e, fingindo estar confuso, respondeu:
– Asseguro-lhe, senhor juiz, que se eu não assisti mais cedo às suas investigações, foi na esperança de que o senhor consentiria em me comunicar seus resultados. Vejamos, o que o senhor sabe?

– Bem! Sei isso: Ontem à noite, às 11 horas, os três guardas que o brigadeiro Quevillon havia deixado de serviço no castelo receberam do já mencionado brigadeiro um bilhete chamando-os a toda pressa para Ouville, onde se situa a brigada. Montaram imediatamente a cavalo e quando chegaram lá...

– Constataram que haviam sido enganados, que a ordem era falsa e que não havia mais nada a fazer além de voltar para Ambrumésy.

– Foi o que fizeram, liderados pelo brigadeiro. Mas sua ausência havia durado uma hora e meia, e, durante esse tempo, o crime havia sido cometido.

– Sob que condições?

– Sob as condições mais simples. Uma escada pega nos galpões da fazenda foi apoiada ao segundo andar do castelo. Uma vidraça foi quebrada, uma janela aberta. Dois homens munidos de uma lanterna forte penetraram no quarto da srta. de Gesvres e amordaçaram-na antes que ela tivesse tempo de chamar. Depois, tendo-a atado com cordas, abriram muito suavemente o quarto onde dormia a srta. de Saint-Véran. A srta. de Gesvres ouviu um gemido abafado, depois o barulho de alguém que se debate. Um minuto mais tarde, viu dois homens, que levavam sua prima igualmente amarrada e amordaçada. Passaram diante dela e se foram pela janela. Exausta, apavorada, a srta. de Gesvres desmaiou.

– Mas e os cachorros? O sr. de Gesvres não tinha comprado dois cães de caça?

– Encontraram-nos mortos, envenenados.

– Mas por quem? Ninguém podia se aproximar deles.

– Mistério! O certo é que os dois homens atravessaram as ruínas sem serem perturbados e saíram pela famosa portinha. Cruzaram o matagal contornando as antigas pedreiras...

A Agulha Oca

Foi só a quinhentos metros do castelo, ao pé da árvore chamada de Grande Carvalho que eles pararam... e que executaram seu plano.

– Por que, se tinham vindo com a intenção de matar a srta. de Saint-Véran, não o fizeram em seu quarto?

– Não sei. Talvez o incidente que provocou isso só tenha se passado na saída do castelo. Talvez a moça tenha conseguido se desamarrar. Assim, para mim, a echarpe encontrada teria sido usada para amarrar seus pulsos. Em todo caso, foi ao pé do Grande Carvalho que a mataram. As provas que obtive são irrefutáveis...

– Mas e o corpo?

– O corpo não foi encontrado, o que, aliás, não nos surpreende. Seguir a pista me conduziu direto até a igreja de Varengeville, ao antigo cemitério no cume da falésia. Ali, há um precipício... um abismo de mais de cem metros. E, embaixo, os rochedos, o mar. Em um dia ou dois uma maré mais forte nos devolverá o corpo na praia.

– Evidentemente, tudo isso é muito simples.

– Sim, tudo isso é muito simples e não me embaraça. Lupin está morto, seus cúmplices ficaram sabendo disso e, para se vingar, como já haviam ameaçado por escrito, assassinaram a srta. de Saint-Véran. Esses são os fatos que não tinham nem mesmo necessidade de serem confirmados. Mas Lupin?

– Lupin?

– Sim, o que foi feito dele? Provavelmente seus cúmplices levaram seu corpo ao mesmo tempo em que sequestraram a moça, mas que prova temos disso? Nenhuma. Nenhuma também de sua temporada nas ruínas, nenhuma de sua morte ou de sua vida. E aí está todo o mistério, meu caro Beautrelet. O assassinato da srta. Raymonde não é um desfecho. Pelo contrário, é uma complicação. O que aconteceu há dois meses no castelo de Ambrumésy? Se não decifrarmos esse enigma, os outros, quando chegarem, vão tirar nossa paciência.

– Em que dia os outros chegarão?

– Quarta-feira... terça-feira, talvez...

Beautrelet pareceu fazer um cálculo, depois declarou:

– Senhor juiz, estamos no sábado. Devo voltar ao Liceu na segunda-feira à noite. Pois bem! Segunda-feira de manhã, se o senhor quiser estar aqui às 10 horas, tratarei de lhe revelar a solução do enigma.

– Verdade, sr. Beautrelet... o senhor acredita nisso? O senhor tem certeza?

– Eu espero, pelo menos.

– E agora, aonde o senhor vai?

– Vou ver se os fatos querem se acomodar à ideia geral que começo a discernir.

– E se eles não se acomodarem?

– Bem, senhor juiz, serão eles que estarão errados, respondeu Beautrelet, rindo, e eu procurarei outros mais dóceis. Até segunda-feira, certo?

– Até segunda-feira.

Alguns minutos depois, o sr. Filleul partia para Dieppe, enquanto Isidore, munido de uma bicicleta que havia lhe emprestado o conde de Gesvres, corria pela estrada de Yerville e de Caudebecen-Caux. Havia um ponto sobre o qual o rapaz queria ter, antes de tudo, uma opinião clara, pois esse ponto lhe parecia justamente o ponto fraco do inimigo. Não se escamoteava objetos da dimensão dos quatro Rubens. Era necessário que eles estivessem em algum lugar. Se no momento era impossível recuperá-los, não se poderia conhecer o caminho por onde eles teriam desaparecido?

A Agulha Oca

A hipótese de Beautrelet era essa: o automóvel havia levado os quatro quadros, mas, antes de chegar à Caudebec, os havia passado para um outro automóvel, o qual tinha atravessado o Sena na montante ou na vazante de Caudebec. Na vazante, a primeira balsa era a de Quillebeuf, passagem frequentada e consequentemente perigosa. Na montante, havia a balsa de La Mailleraye, grande vila isolada, fora de toda a comunicação.

Por volta da meia-noite, Isidore havia atravessado as dezoito léguas que o separava de Mailleraye, e batia à porta de um albergue situado às margens da água. Ali ele dormiu e, de manhãzinha, interrogou os marinheiros da balsa. Consultaram o livro de passageiros. Nenhum automóvel havia atravessado na quinta-feira, dia 23 de abril.

– Então algum carro a cavalo? – insinuou Beautrelet – Uma charrete? Um furgão?

– Também não.

Durante toda a manhã, Isidore fez perguntas. Ia partir para Quillebeuf, quando o garçom do albergue onde tinha dormido disse-lhe:

– Naquela manhã eu voltava dos meus treze dias[3] e vi uma charrete, mas ela não atravessou.

– Como?

– Não. Descarregaram-na em uma espécie de barco chato, uma barcaça, como costumam chamar, que estava amarrada no cais.

– E essa charrete, de onde vinha ela?

– Oh, a reconheci muito bem! Era de mestre Vatinel, o charreteiro.

– Que mora?

---

3. Provavelmente licença-paternidade (N. do T.)

– Na aldeia de Louvetot.

Beautrelet consultou seu mapa militar. A aldeia de Louvetot situava-se na encruzilhada da estrada que ia de Yvetot a Caudebec e de uma estradinha tortuosa que atravessava os bosques até Mailleraye!

Foi só às 6 horas da tarde que Isidore conseguiu descobrir em um cabaré mestre Vatinel, um desses velhos normandos espertos que estão sempre de guarda alta, que desconfiam de estrangeiros, e que não sabem resistir a uma peça de ouro ou a influência de alguns copos.

– Bem, sim, senhor, naquela manhã, as pessoas de automóvel encontraram comigo às 5 horas na encruzilhada. Deram-me quatro grandes cargas, altas assim. Um deles me acompanhou. E levamos as coisas até a barcaça.

– O senhor fala deles como se já os conhecesse.

– Eu já os conhecia mesmo! Foi a sexta vez que trabalhei para eles.

Isidore estremeceu.

– O senhor disse a sexta vez?... E desde quando?

– Todos os dias antes desse, caramba! Mas então eram outras cargas... enormes pedaços de pedra... ou muito menores, bem longas, que eles traziam embrulhadas e que carregavam como se fossem relíquias. Ah, nessas eu não podia tocar!... Mas o que o senhor tem? Está tão pálido.

– Não é nada... o calor...

Beautrelet saiu aos tropeções. A alegria imprevista da descoberta o aturdia.

Ele voltou em silêncio, dormiu a noite na aldeia de Varengeville, passou uma hora da manhã seguinte na prefeitura com seu professor, e voltou ao castelo. Uma carta o aguardava, aos cuidados do senhor conde de Gesvres.

A Agulha Oca

Ela continha essas linhas:

"Segundo aviso. Cale-se. Senão..."

– Vamos – murmurou ele –, será necessário tomar algumas precauções pela minha segurança pessoal. Senão, como eles dizem...

Eram 9 horas; ele passeou por entre as ruínas, depois deitou-se perto da arcada e fechou os olhos.

– Olá, meu jovem! O senhor está satisfeito com sua excursão?

Era o sr. Filleul que chegava na hora combinada.

– Encantado, senhor juiz.

– O que quer dizer?

– O que quer dizer que estou pronto a manter minha promessa, apesar dessa carta que dificilmente me encoraja.

Mostrou a carta ao sr. Filleul.

– Bah! Bravatas! – exclamou este – Espero que isso não o impeça...

– De lhe dizer o que sei? Não, senhor juiz. Eu prometi; eu manterei. Antes de dez minutos saberemos... uma parte da verdade.

– Uma parte?

– Sim, na minha visão, o esconderijo de Lupin não constitui todo o problema. Mas pela sequência, veremos.

– Sr. Beautrelet, nada me espanta de sua parte. Mas como o senhor pôde descobrir?...

– Oh! Bem naturalmente. Há na carta do sr. Harlington ao sr. Étienne de Vaudreix, ou melhor, a Lupin...

– A carta interceptada?

– Há ali uma frase que sempre me intrigou. Esta: *"Quando enviar as pinturas, junte a elas o resto, se conseguir, o que duvido muito."*

– De fato, lembro-me disso.

– O que era o resto? Um objeto de arte, uma curiosidade? O castelo não oferecia nada de precioso além dos Rubens e das tapeçarias. Joias? Ele tem poucas, e de valor medíocre. Então o quê? E, por outro lado, poderíamos admitir que alguém como Lupin, de uma habilidade tão prodigiosa, não conseguiria ter sucesso em juntar ao envio *este resto* sobre o qual haviam evidentemente conversado? Tarefa difícil provavelmente, até mesmo excepcional, mas possível, portanto certa, já que Lupin o queria.

– No entanto, ele falhou: nada desapareceu.

– Ele não falhou: algo desapareceu.

– Sim, os Rubens... mas...

– Os Rubens, e outra coisa... alguma coisa que foi substituída por algo idêntico, como fizeram com os Rubens, alguma coisa muito mais extraordinária, mais rara e mais preciosa que os Rubens.

– Enfim, o quê? O senhor está me fazendo definhar de curiosidade.

Sempre atravessando as ruínas, os dois homens dirigiram-se para a portinha e caminharam para a Chapelle-Dieu.

Beautrelet parou.

– O senhor quer saber, senhor juiz?

– Se eu quero saber!

Beautrelet tinha uma bengala na mão, uma bengala sólida e nodosa. Bruscamente, com a parte de baixo dela, fez em cacos uma das estatuetas que ornavam o portal da capela.

– Mas o senhor está louco, bradou o sr. Filleul, fora de si e precipitando-se para os pedaços da estatueta. O senhor está louco! Esse santo antigo era admirável...

– Admirável! proferiu Isidore, executando uma manobra que derrubou a Virgem Maria.

O sr. Filleul agarrou-o pelo corpo.

– Rapaz, não o deixarei cometer...

Um rei mago voou ainda, depois uma manjedoura com o Menino Jesus...

– Mais um movimento e eu atiro.

O conde de Gesvres havia surgido e engatilhava seu revólver. Beautrelet deu uma gargalhada.

– Atire, então, senhor conde... atire como se estivesse na feira... Aqui... neste homem que apoia sua cabeça nas mãos.

O santo João Batista saltou pelos ares.

– Ah! – disse o conde, apontando o revólver – Que profanação!... Que obras-primas!

– Falsificações, senhor conde!

– O quê? O que está dizendo? – gritou o sr. Filleul, desarmando o conde.

– Falsificações, papelão!

– Ah!, mas... é possível?

– Um sopro! Um vazio! Um nada!

O conde abaixou-se e pegou um caco de estatueta.

– Olhe bem, senhor conde... gesso! Gesso patinado, mofado, esverdeado como uma pedra antiga... mas gesso, moldagens de gesso... eis tudo o que resta da pura obra-prima... eis o que fizeram em alguns dias!... Eis o que o senhor Charpenais, o copista dos Rubens, preparou há um ano.

Por sua vez, ele agarrou o braço do sr. Filleul.

– O que o senhor acha, senhor juiz? É bonito? É enorme? É gigantesco? A capela sequestrada! Toda uma capela gótica recolhida pedra por pedra! Toda uma comunidade de estatuetas, feita cativa! E substituída por figuras em estuque! Um dos mais magníficos exemplares de uma época de arte incomparável, confiscada! A Chapelle-Dieu, enfim, roubada! Não é formidável! Ah, senhor juiz, que gênio é esse homem!

– O senhor está se deixando levar, sr. Beautrelet.

– Nunca nos deixamos levar demais, senhor, quando se trata de tais indivíduos. Tudo o que ultrapassa o mediano vale ser admirado. E isso suplanta tudo. Há nesse roubo uma riqueza de concepção, uma força, uma potência, uma destreza e uma desenvoltura que me fazem estremecer.

– É uma pena que ele esteja morto... – riu o sr. Filleul – Senão ele teria acabado por roubar as torres de Notre-Dame.

Isidore encolheu os ombros.

– Não ria, senhor. Mesmo morto, tudo isso os perturba.

– Não digo que não... sr. Beautrelet, e asseguro que não é sem certa emoção que o contemplo... se ao menos seus camaradas não tivessem feito desaparecer seu cadáver.

– E admitindo, sobretudo – sublinhou o conde de Gesvres –, que tenha sido ele quem minha pobre sobrinha feriu.

– Foi ele mesmo, senhor conde, afirmou Beautrelet, foi ele mesmo quem caiu nas ruínas em consequência da bala que lhe atirou a srta. de Saint-Véran; foi ele quem ela viu se levantar e que caiu ainda, quem se arrastou em direção à grande arcada para se levantar uma última vez – isso, por um milagre cuja explicação logo lhes darei – e chegar até este refúgio de pedra... que deveria ser seu túmulo. E, com a bengala, ele bateu no chão da capela.

– Hein? O quê? – exclamou o sr. Filleul estupefato... – Seu túmulo?... O senhor acredita que este esconderijo impenetrável...

– Ele está aqui... aqui..., repetiu ele.

– Mas nós o procuramos.

– Mal.

– Não há esconderijo aqui, protestou o sr. de Gesvres. Conheço a capela.

– Sim, senhor conde, há um. Vá à prefeitura de Varengeville, onde estão todos os papéis que se encontravam na antiga paróquia de Ambrumésy, e o senhor verá, por esses papéis, datados do século XVIII, que sob a capela existe uma cripta. Essa cripta remonta, sem dúvida, à capela romana, em substituição da qual essa aqui foi construída.

– Mas como Lupin saberia desse detalhe? – perguntou o sr. Filleul.

– De uma maneira bastante simples, pelos trabalhos que teve de executar para remover a capela.

– Vejamos, vejamos, sr. Beautrelet, o senhor exagera... Ele não levou toda a capela. Veja, nenhuma dessas pedras de fundação foi tocada.

– Evidentemente ele só moldou e só pegou o que tinha valor artístico, as pedras talhadas, as esculturas, as estatuetas, toda a riqueza das pequenas colunas e as ogivas cinzeladas. Ele não se ocupou da base do edifício. As fundações ficaram.

– Consequentemente, sr. Beautrelet, Lupin não pôde entrar na cripta.

Nesse momento, o sr. de Gesvres, que tinha chamado um de seus criados, voltava com a chave da capela. Abriu a porta. Os três homens entraram.

Depois de um instante de exame, Beautrelet disse:

– ...As lajes do terreno, como seria razoável, foram respeitadas. Mas é fácil perceber que o altar-mor é apenas uma moldagem. Ora, geralmente, a escada que desce para as criptas abre-se diante do altar-mor e passa sob ele.

– E daí o senhor conclui?

– Eu concluo que foi trabalhando ali que Lupin encontrou a cripta.

Com a ajuda de uma picareta, que o conde mandara buscar, Beautrelet atacou o altar. Pedaços de gesso saltavam à esquerda e à direita.

– Droga! – murmurou o sr. Filleul – Mal posso esperar para saber...

– Nem eu. – disse Beautrelet, cujo rosto estava pálido de angústia.

Ele aumentou a intensidade dos golpes. E, subitamente, a picareta, que até então não havia encontrado nenhuma resistência, bateu contra um material mais duro e quicou. Ouviu-se um barulho como que de desmoronamento, e o que restava do altar se estraçalhou no vazio, atrás de um bloco de pedra que a picareta havia atingido. Beautrelet debruçou-se. Acendeu um fósforo e o passeou pelo buraco:

– A escadaria começa bem antes do que eu pensava, quase sob as lajes da entrada. Avisto os últimos degraus.

– É profundo?

– Três ou quatro metros... Os degraus são bem altos... e faltam alguns.

– Não é possível – disse o sr. Filleul –, que durante a curta ausência dos três guardas, enquanto levavam a srta. de Saint-Véran, não é possível que os cúmplices tenham tido tempo de tirar o cadáver desse porão... E depois, por que o fariam, aliás? Não, para mim ele ainda está aí.

Um criado trouxe-lhes uma escada, que Beautrelet introduziu na escavação e que enfiou, tateando, entre os escombros caídos. Depois a segurou vigorosamente pelos montantes.

– Gostaria de descer, sr. Filleul?

O juiz, munido de uma vela, se aventurou. O conde de Gesvres o seguiu. Por sua vez, Beautrelet colocou o pé sobre o primeiro degrau.

Havia dezoito, que ele contou maquinalmente, enquanto seus olhos examinavam a cripta, onde a luz da vela lutava contra as pesadas trevas. Mas, embaixo, um cheiro violento, imundo, o atingiu, um desses odores de podridão, cuja lembrança em seguida, obseda. Oh! Que cheiro! – seu estômago se revirou.

E de repente, uma mão trêmula pegou em seu ombro.

– O quê! O que foi? O que está havendo?

– Beautrelet – balbuciou o sr. Filleul.

Ele não conseguia falar, dominado pelo pavor.

–Vejamos, senhor juiz, recomponha-se.

– Beautrelet... ele está lá...

– Hein?

– Sim... havia alguma coisa sob a grande pedra que se descolou do altar... eu empurrei a pedra... e toquei... Oh, não esquecerei jamais...

– Onde ele está?

– Deste lado... Está sentindo esse cheiro?... e depois, aqui... olhe!

Ele havia agarrado a vela e a projetava em direção a uma forma estendida no chão.

– Oh! – exclamou Beautrelet, horrorizado.

Os três homens se curvaram vivamente. Meio desnudo, o cadáver se alongava, magro, assustador. A carne esverdeada, em tons de cera macia, aparecia aqui e ali entre as vestes rasgadas. Mas o mais assustador e que arrancou do jovem um grito de terror foi a cabeça, a cabeça que o bloco de pedra acabara de esmagar, a cabeça informe, massa hedionda da qual não se conseguia distinguir mais nada... e quando seus olhos se acostumaram à obscuridade, viram que toda aquela carne fervilhava abominavelmente...

De quatro, Beautrelet subiu novamente a escada e fugiu para o dia pleno, para o ar livre. O sr. Filleul o reencontrou deitado de bruços, as mãos no rosto. Disse-lhe:

– Meus cumprimentos, Beautrelet. Além da descoberta do esconderijo, há dois pontos com os quais eu pude confirmar a exatidão de suas afirmações. Para começar, o homem em quem a srta. de Saint-Véran atirou era mesmo Arsène Lupin, como o senhor tinha dito desde o começo. Do mesmo modo, era mesmo com o nome de Étienne de Vaudreix que ele vivia em Paris. A camisa está marcada com as iniciais E. V. Parece, não é? Que é prova suficiente...

Isidore não se mexia.

– O senhor conde foi procurar o dr. Jouet, que fará a autópsia. Para mim, a morte data de oito dias, pelo menos. O estado de decomposição do cadáver... Mas parece que o senhor não está me escutando?

– Sim, sim.

– O que estou dizendo é baseado em razões cabais. Assim, por exemplo...

O sr. Filleul continuou sua explanação sem obter do outro lado sinais mais manifestos de atenção. Mas a volta do sr. de Gesvres interrompeu seu monólogo.

O conde voltava com duas cartas. Uma lhe anunciava a chegada de Herlock Sholmes para o dia seguinte.

– Que maravilha, exclamou o sr. Filleul, alegremente. O inspetor Ganimard chegará igualmente. Será delicioso.

– Esta outra carta é para o senhor, senhor juiz, disse o conde.

– Cada vez melhor, disse o sr. Filleul, depois de ter lido... Esses senhores, decididamente, não terão muito para fazer. Beautrelet, avisam-me de Dieppe que os pescadores encontraram, esta manhã, nos rochedos, o corpo de uma jovem.

Beautrelet sobressaltou-se:

– O que disse? O corpo...

– De uma jovem... um cadáver terrivelmente mutilado, precisam eles, e do qual não seria possível reconhecer a identidade se não tivesse no braço direito uma pulseirinha de ouro, muito fina, que se incrustou na pele tumefata. Ora, a srta. de Saint-Véran trazia no braço direito uma pulseira de ouro. Trata-se evidentemente de sua infeliz sobrinha, senhor conde, que o mar carregou até lá. O que acha, Beautrelet?

– Nada..., nada... ou melhor, sim... tudo se encaixa como o senhor vê, não falta nada ao meu raciocínio. Todos os fatos, um a um, mesmo os mais contraditórios, mesmo os mais desconcertantes, vêm apoiar a hipótese que eu imaginei desde o primeiro momento.

– Não compreendo bem.

– O senhor não tardará a compreender. Lembre-se de que lhes prometi a verdade por inteiro.

– Mas parece-me...

– Um pouco de paciência. Até o momento o senhor não teve motivos para se queixar de mim. O tempo está bom. Passeie, almoce no castelo, fume seu cachimbo. Eu estarei de volta entre 4 e 5 horas. Quanto ao meu retorno ao Liceu, bem, que pena, pegarei o trem da meia-noite.

Haviam chegado às dependências, atrás do castelo. Beautrelet saltou para a bicicleta e foi embora. Em Dieppe, parou nos escritórios do jornal *La Vigie*, onde pediu para ver os números da última quinzena. Depois, partiu para a vila de Envermeu, situada a dez quilômetros. Em Envermeu, falou com o prefeito, com o pároco, com o guarda. As 3 horas soaram na igreja da vila. Sua pesquisa tinha terminado.

Voltou cantando de alegria. Suas pernas pesavam uma de cada vez, em um ritmo igual e forte nos dois pedais, seu peito se abria largamente ao ar vivo que soprava do mar. E algumas vezes ele esquecia de lançar ao céu os clamores de triunfo, sonhando acordado com o objetivo que perseguia e com seus esforços bem-sucedidos.

Ambrumésy apareceu. Ele se deixava levar a toda velocidade para o declive que precedia o castelo. As árvores que ladeavam o caminho em uma secular fileira quádrupla, pareciam correr ao seu encontro e logo desmaiarem atrás dele. E, de repente, ele soltou um grito. Em uma visão súbita, havia percebido uma corda, que se estendia de uma árvore a outra atravessando a estrada.

O veículo, atingido, parou de uma vez. Ele foi projetado para frente, com uma violência inédita, e teve a impressão que apenas um acaso, um miraculoso acaso o fez evitar um monte de pedras, onde logicamente sua cabeça teria se arrebentado.

Permaneceu alguns segundos atordoado. Depois, todo contundido, os joelhos ralados, examinou o lugar. Um pequeno bosque se estendia à direita, por onde, sem nenhuma dúvida, o agressor havia fugido. Beautrelet desamarrou a corda. Na árvore da esquerda, na qual ela fora amarrada, um pequeno papel estava fixado por um barbante. Ele desdobrou-o e leu:

"Terceiro e último aviso."

Entrou no castelo, fez algumas perguntas aos empregados, e reencontrou o juiz em uma sala do andar térreo, no final da ala direita, onde o sr. Filleul tinha o hábito de ficar durante suas atividades. Filleul escrevia, seu escrivão sentado em frente a ele. A um sinal, o escrivão saiu, e o juiz exclamou:

– Mas o que o senhor tem, sr. Beautrelet ? Suas mãos estão sangrando.

– Não é nada, não é nada, disse o jovem... uma simples queda provocada por uma corda que estenderam diante da minha bicicleta. Peço-lhe somente para observar que a dita corda veio do castelo. Há não mais de vinte minutos ela servia para secar a roupa perto da lavanderia.

– É possível?

– Senhor, é aqui mesmo que sou vigiado, por alguém que se encontra no coração deste lugar, que me vê, que me ouve e que, minuto a minuto, assiste aos meus atos e conhece minhas intenções.

– O senhor acredita?

– Tenho certeza. Depende de o senhor descobri-lo, e o senhor não terá mais problemas. Mas, por mim, quero terminar e dar-lhe as explicações prometidas. Andei mais rápido do que nossos adversários esperavam e estou persuadido de que, da parte deles, agirão com vigor. O círculo se fecha em torno de mim. O perigo se aproxima, tenho esse pressentimento.

– Vejamos, vejamos, Beautrelet...

– Bah, veremos! Para o momento, apressemo-nos. E, para começar, uma pergunta sobre um ponto que eu quero afastar de imediato. O senhor não falou a ninguém sobre esse documento que o sargento Quevillon apanhou e lhe entregou em minha presença?

– Bem, não, a ninguém. Mas o senhor lhe imputa algum valor?...

– Um grande valor. É uma ideia que tenho, uma ideia, de resto, eu asseguro, que não se baseia em nenhuma prova... pois, até aqui, não tive absolutamente sucesso em decifrar esse documento. E também falo sobre isso... para não mais voltar a falar.

Beautrelet apoiou a mão sobre a do sr. Filleul, e, em voz baixa:

– Cale-se... escutam-nos... lá fora...

A areia estalou. Beautrelet correu para a janela e debruçou-se.

– Não há mais ninguém... mas o canteiro foi pisoteado... levantarão facilmente as pegadas.

Fechou a janela e veio sentar-se novamente.

– O senhor vê, senhor juiz, o inimigo nem sequer toma mais precauções... não há mais tempo para elas... ele também sente que a hora se aproxima. Apressemo-nos, portanto, e falemos, já que eles não querem que eu fale.

Colocou sobre a mesa o documento e o manteve desdobrado.

– Antes de tudo, uma observação. Só há neste papel pontos e números. E nas três primeiras linhas e na quinta – as únicas de que vamos nos ocupar, pois a quarta parece de uma natureza completamente diferente – não há um único número maior do que 5. Temos, portanto, bastante chance de que cada um desses números represente uma das cinco vogais, e, na ordem alfabética, vamos escrever o resultado. E escreveu, em uma folha à parte:

e.a.a..e..e.a.
.a..a...e.e..e.oi.e..e.
.ou..e.o...e..o..e
ai.ui..e..eu.e

Depois disse:

– Como o senhor pode ver, isso não facilita muito. A chave é, ao mesmo tempo, muito fácil – pois contentaram-se em substituir vogais por números e consoantes por pontos – e muito difícil, senão impossível, pois esforçaram-se para complicar o problema.

– De fato, é suficientemente obscuro.

– Tentemos esclarecer. A segunda linha é dividida em duas partes, e a segunda parte se apresenta de uma maneira tal que é bem provável que ela forme uma palavra. Se tentarmos agora substituir os pontos intermediários por consoantes, concluiremos, após tatearmos, que as únicas consoantes que podem logicamente servir de apoio às vogais só podem logicamente produzir uma palavra, uma única palavra: "senhoritas"[4].

– Tratariam-se, então, da srta. de Gesvres e da srta. de Saint-Véran?

– Com toda a certeza.

– E o senhor não vê mais nada?

– Sim. Noto ainda uma solução de continuidade no meio da última linha, e se efetuo o mesmo trabalho no começo da linha, vejo logo que entre os dois ditongos *ai* e *ui*, a única consoante que pode substituir o ponto é um g, e, quando formo o começo dessa palavra, *aigui*, é natural e indispensável que eu chegue com os dois pontos seguintes e com o *e* final a palavra *agulha*[5].

– De fato... a palavra *agulha* se impõe.

– Enfim, para a última palavra, tenho três vogais e três consoantes. Tateio ainda, tento todas as letras, umas após as outras, e, partindo desse princípio que as duas primeiras letras são consoantes, constato que quatro palavras podem se adaptar: as palavras *rio, prova, choro* e *oca*[6]. Elimino as palavras rio, prova e choro, como não tendo nenhuma relação possível com uma agulha, e guardo a palavra *oca*.

– O que faz *agulha oca*. Admito que sua solução seja certa, mas no que ela nos faz avançar?

– Em nada, respondeu Beautrelet em um tom pensativo. Em nada por ora... mais tarde, veremos... Tenho o pensamento de que várias coisas são incluídas no agrupamento enigmático dessas duas palavras: *agulha oca*. O que me preocupa mais é o material

---

4. *Demoiselles*, em francês (N. do T.)
5. *Aiguille* em francês (N. do T.)
6. Em francês, *fleuve, preuve, pleure* e *creuse*, respectivamente (N. do T.)

do documento, o papel de que se serviram... Onde ainda se fabrica essa espécie de pergaminho, um pouco em granito? E ainda essa cor marfim... E essas dobras... o desgaste dessas quatro dobras... e, enfim, reparem, essas marcas de cera vermelha atrás...

Nesse momento, Beautrelet foi interrompido. Era o escrivão Brédoux que abria a porta e anunciava a chegada súbita do procurador geral.

O sr. Filleul levantou-se.

– O senhor procurador geral está aí embaixo?

– Não, senhor juiz. O senhor procurador geral não saiu do seu carro. Ele apenas passou e rogou-lhe para encontrá-lo diante do portão. Ele tem apenas uma palavra a lhe dizer.

– Estranho, murmurou o sr. Filleul. Enfim... vamos ver. Beautrelet, desculpe-me, vou, mas volto logo.

Ele se foi. Ouviram-se seus passos, que se afastavam. Então o escrivão fechou a porta, passou a chave e colocou-a no bolso.

– Ei! O que é isso? – exclamou Beautrelet, completamente surpreso – O que o senhor está fazendo? Por que nos trancar?

– Não estaremos mais à vontade para conversar? – retrucou Brédoux. Beautrelet saltou para uma outra porta, que dava para a sala vizinha. Havia compreendido. O cúmplice era Brédoux, o próprio escrivão do juiz!

Brédoux deu uma gargalhada:

– Não esfole os dedos, meu jovem amigo, também tenho a chave dessa porta.

– Sobra a janela, bradou Beautrelet.

– Tarde demais – disse Brédoux, acampando diante da janela, revólver em punho.

Qualquer retirada estava cortada. Não havia mais nada a fazer, nada além de se defender contra um inimigo que se desmascarava com uma audácia brutal. Isidore, que experimentava um sentimento desconhecido de angústia, cruzou os braços.

– Bem – murmurou o escrivão –, e agora sejamos breves. Ele consultou o relógio.

– Esse bravo sr. Filleul vai caminhar até o portão. No portão, é claro, não haverá procurador algum. Então ele voltará. Isso nos dá por volta de quatro minutos. Preciso de apenas um para escapar por essa janela, correr até a portinha das ruínas e saltar para a motocicleta que me espera. Restam, portanto, três minutos. É o suficiente.

Brédoux era um ser estranho, falso, que mantinha em equilíbrio sobre pernas muito longas e muito frágeis um busto enorme e redondo, como um corpo de uma aranha, munido de braços imensos. Um rosto ossudo, com a testa pequena e baixa, indicava a obstinação um pouco tacanha do personagem.

Beautrelet cambaleou, as pernas moles. Teve de sentar-se.

– Fale. O que o senhor quer?

– O papel. Já faz três dias que o procuro.

– Não estou com ele.

– Está mentindo. Quando entrei, vi você colocando-o em sua carteira.

– Depois?

– Depois? Você tratará de se comportar bem. Você nos aborrece. Deixe-nos em paz e ocupe-se de seus negócios. Estamos no limite da paciência. Ele tinha avançado, o revólver sempre apontado para o rapaz e falava surdamente, martelando as sílabas, com um tom de incrível energia. O olhar era duro, o sorriso cruel. Beautrelet estremeceu. Era a primeira vez que provava a sensação de perigo. E que perigo! Sentia-se diante de um inimigo implacável, de uma força cega e irresistível.

– E depois? – perguntou ele, com a voz estrangulada

– Depois? Nada... Você estará livre...

Um silêncio. Brédoux disse:

– Mais um minuto. É necessário que você se decida. Vamos, rapaz, nada de bobagens... Somos os mais fortes, sempre e por toda parte... Rápido, o papel...

Isidore não se mexia, lívido, apavorado e, no entanto, senhor de si, o cérebro lúcido no colapso de seus nervos. A vinte centímetros de seus olhos, abria-se o buraquinho negro do revólver. O dedo dobrado pesava visivelmente no gatilho. Era preciso só um esforço...

– O papel... – repetiu Brédoux – Senão...

– Está aqui, disse Beautrelet.

Tirou do bolso sua carteira e estendeu-a ao escrivão, que a pegou.

– Perfeito! Estamos sendo razoáveis. Decididamente, há algo a se fazer com você... um pouco covarde, mas com bom senso. Falarei sobre isso com os camaradas. E agora, vou-me embora. Adeus.

Guardou o revólver e girou a tranca da janela. Um barulho soou no corredor.

– Adeus... – disse ele novamente – ...é mais que tempo.

Mas uma ideia parou-o. Com um gesto, verificou a carteira.

– Maldição... – resmungou ele – O papel não está aqui... Você me enrolou.

Saltou de volta para a sala. Dois tiros soaram. Isidore, por sua vez, havia sacado sua pistola e atirado.

– Errou, meu rapaz – urrou Brédoux –, sua mão está tremendo... você está com medo...

Agarraram-se num corpo a corpo e rolaram no chão. Na porta, alguém batia repetidamente.

Isidore enfraquece, subitamente dominado por seu adversário. Era o fim. Uma mão se ergueu acima dele, armada com uma faca, e caiu. Uma dor violenta queimou-lhe o ombro. Ele cedeu.

Teve a impressão de que revistavam o bolso do interior de seu casaco e que apoderavam-se do documento. Depois, através do véu abaixado de suas pálpebras, adivinhou que o homem caminhando pelo peitoril da janela...

Os mesmos jornais que, na manhã seguinte, relataram os últimos episódios ocorridos no castelo de Ambrumésy; a falsificação da capela, a descoberta do cadáver de Arsène Lupin e de Raymonde, e, enfim, o assassinato de Beautrelet por Brédoux, escrivão do juiz, os mesmos jornais anunciavam as duas notícias seguintes: o desaparecimento de Ganimard e o sequestro, em pleno dia, no coração de Londres, quando ia pegar o trem para Douvres, de Herlock Sholmes.

Assim, portanto, o bando de Lupin, por um instante desorganizado pela extraordinária engenhosidade de um garoto de 17 anos, tomava novamente a ofensiva, e no primeiro golpe, por toda parte e em todos os pontos, saíra vitorioso. Os dois grandes adversários de Lupin, Sholmes e Ganimard, suprimidos. Beautrelet, fora de combate. Ninguém seria capaz de lutar contra tais inimigos.

4

Face a face

SEIS SEMANAS DEPOIS, EM UMA TARDE, EU TINHA DADO FOLGA ao meu criado. Era véspera do 14 de julho. Fazia um calor de tempestade, e a ideia de sair já não me sorria mais. Com as janelas da varanda abertas, minha lâmpada de trabalho acesa, instalei-me em uma poltrona e, não tendo ainda lido os jornais, dispus-me e percorrê-los. Bem entendido, falavam de Arsène Lupin. Desde a tentativa de assassinato da qual o pobre Isidore Beautrelet tinha sido vítima, não se passava um dia sem que falassem do caso de Ambrumésy. Uma rubrica cotidiana era-lhe consagrada. Nunca a opinião pública havia sido superexcitada a esse ponto por tal série de acontecimentos precipitados, por golpes de teatro inesperados e desconcertantes. O sr. Filleul, que, decididamente, aceitava, com uma louvável boa-fé, seu papel de subalterno, havia confiado aos entrevistadores as façanhas de seu jovem conselheiro durante os três dias memoráveis, de maneira que podiam se abandonar às suposições mais temerárias.

Não se privavam disso. Especialistas e técnicos em crime, romancistas e dramaturgos, juízes e antigos chefes de polícia, sr. Lecocq, aposentado, e Herlock Sholmes em formação, cada um tinha sua teoria e a disseminava em abundantes artigos. Cada um retomava e completava a instrução. E tudo isso sobre a palavra de uma criança, de Isidore Beautrelet, aluno de retórica do Liceu Janson-de-Sailly.

Pois, realmente, é preciso dizer, tínhamos os elementos completos da verdade. O mistério... consistia em quê? Conhecíamos o esconderijo onde Arsène Lupin havia se refugiado e onde morrera, e não havia dúvidas: o dr. Delattre, que sempre se entrincheirava atrás do segredo profissional, e que se recusava a qualquer declaração, confessou, no entanto, a seus amigos íntimos – cujo primeiro cuidado foi falar –, que tinha sido mesmo em uma cripta que o tinham levado, perto de um homem ferido que seus cúmplices lhe apresentaram sob o nome de Arsène Lupin. E como, nessa mesma cripta, encontraram o cadáver de Étienne de Vaudreix, sendo que Étienne de Vaudreix era o próprio Lupin, conforme a instrução o provara. A identidade de Arsène Lupin e do ferido recebia ainda uma demonstração suplementar.

Portanto, com Lupin morto, o cadáver da srta. de Saint--Véran, reconhecido graças à pulseirinha que ela trazia no pulso, o drama estava terminado.

Mas não estava. Não estava para ninguém, pois Beautrelet havia dito o contrário. Não se sabia de jeito nenhum em que não estava terminado, mas, segundo o rapaz, o mistério permanecia sem solução. O testemunho da realidade não prevalecia contra a afirmação de Beautrelet. Havia qualquer coisa que se ignorava, e essa qualquer coisa, ninguém duvidava que ele seria capaz de explicar vitoriosamente.

E também, com que ansiedade se aguardava, no começo, os boletins de saúde que publicavam os médicos de Dieppe, a quem o conde confiara o doente! Que desolação durante os primeiros dias, quando se acreditava que sua vida corria perigo! E que entusiasmo na manhã em que os jornais anunciaram que não havia mais nada a temer! Os mínimos indícios cativavam a multidão. Enterneciam-se de vê-lo cuidado por seu velho pai, que um telegrama enviara às pressas, e admiravam-se do devotamento da srta. de Gesvres, que passava as noites à cabeceira do ferido.

Depois, a convalescência, rápida e alegre. Finalmente saberíamos! Saberíamos o que Beautrelet havia prometido revelar ao sr. Filleul, e as últimas palavras, que a faca do criminoso o impedira de proferir! E saberíamos também tudo o que, além do próprio drama, ainda permanecia impenetrável ou inacessível aos esforços da Justiça.

Com Beautrelet livre, curado de seu ferimento, teríamos também alguma certeza sobre o sr. Harlington, o enigmático cúmplice de Arsène Lupin, que ainda estava detido na prisão de la Santé. Saberíamos o que havia sido feito depois do crime do escrivão Brédoux, este outro cúmplice cuja audácia fora realmente apavorante.

Com Beautrelet livre, poderíamos ter uma ideia precisa sobre o desaparecimento de Ganimard e sobre o sequestro de Sholmes. Como dois atentados desse tipo haviam podido acontecer? Os detetives ingleses, assim como seus colegas franceses, não possuíam nenhum indício a esse respeito. No domingo de Pentecostes, Ganimard não havia voltado para casa, na segunda também não, e também não nas últimas seis semanas.

Em Londres, no domingo de pentecostes, às 4 horas da tarde, Herlock Sholmes pegara um táxi para ir até a estação. Mal tinha acabado de subir e tentou descer, provavelmente advertido do perigo. Mas dois indivíduos subiram no carro, à direita e à esquerda, derrubando-o e mantendo-o entre eles, ou melhor sob eles, visto a exiguidade do veículo. E isso diante de dez testemunhas, que não tiveram tempo de intervir. O táxi fugira em disparada. Depois? Depois nada. Não se sabia nada.

A Agulha Oca

E talvez também, através de Beautrelet, teríamos a explicação completa do documento, desse misterioso papel ao qual o escrivão Brédoux atribuiu importância suficiente para recuperá-lo esfaqueando aquele que o possuísse. "O problema da Agulha Oca", como o chamavam os inumeráveis Édipos[7], que, debruçados sobre os números e pontos, tratavam de encontrar-lhes um significado. A Agulha Oca! Associação desconcertante de duas palavras, questão incompreensível que colocava esse pedaço de papel, cuja própria procedência era desconhecida! Era uma expressão insignificante, o rascunho de um estudante que suja de tinta um canto da folha? Ou era, através dessas duas palavras mágicas, que a grande aventura do aventureiro Lupin tomava seu verdadeiro sentido? Não sabíamos de nada.

Mas iria-se saber. Há vários dias os jornais anunciavam a chegada de Beautrelet. A luta estava prestes a recomeçar e, dessa vez, implacável da parte do rapaz, louco por sua revanche. E justamente seu nome, em grandes caracteres, chamou minha atenção. O *Grand Jornal* inscrevia no cabeçalho de suas colunas a seguinte nota:

"*Conseguimos do sr. Isidore Beautrelet a prioridade de suas revelações. Amanhã, quarta-feira, antes mesmo que a Justiça seja informada, O* Grand Jornal *publicará a verdade integral sobre o drama de Ambrumésy.*"

– Isso promete, hein? O que acha disso, meu caro?

Sobressaltei-me em minha poltrona. Perto de mim, na cadeira vizinha, havia alguém que eu não conhecia.

---

7. O personagem mitológico Édipo é o responsável por adivinhar a charada da esfinge que guardava a entrada da cidade de Tebas. (N. do T.)

Levantei-me, procurando uma arma com os olhos. Mas, como sua atitude parecia completamente inofensiva, contive-me e aproximei-me dele.

Era um jovem de rosto enérgico, com longos cabelos louros, cuja barba, com nuances um pouco ruivas, dividia-se em duas pontas curtas. Suas vestimentas lembrava a de um padre inglês e em toda a sua pessoa, aliás, havia qualquer coisa de austera e grave que inspirava respeito.

– Quem é o senhor? – perguntei.

E como ele não respondesse, repeti:

– Quem é o senhor? Como entrou aqui? O que veio fazer?

Ele me olhou e disse:

– O senhor não me reconhece?

– Não... não!

– Ah, é realmente curioso... Pense bem... um de seus amigos... um amigo de uma espécie um pouco diferente...

Agarrei-lhe o braço vivamente:

– O senhor está mentindo!... Não é quem diz ser... não é verdade...

– Então porque pensou nesse e não em um outro? – retrucou ele, rindo.

Ah, aquele riso! Aquele riso jovem e claro, cuja ironia divertida havia frequentemente me alegrado!... Estremeci. Era possível?

– Não, não, protestei, com uma espécie de pavor... não pode ser...

– Não pode ser eu porque estou morto, hein, e você não acredita em fantasmas?

Ele riu novamente.

– Por acaso eu sou daqueles que morrem? Morrer assim, com uma bala disparada pelas costas, atirada por uma moça!

A Agulha Oca

Realmente, o senhor me julga mal! Como se eu fosse consentir em tal fim!

– Então é mesmo você! – balbuciei, ainda incrédulo e emocionadíssimo... Não consegui reconhecê-lo...

– Então – disse ele, alegremente –, estou tranquilo. Se o único homem a quem me mostrei sob meu real aspecto não me reconheceu hoje, qualquer pessoa que me veja daqui para frente, tal como sou hoje, tampouco me reconhecerá quando me vir sob meu aspecto verdadeiro... se é que tenho um aspecto verdadeiro...

Eu reconhecia sua voz, agora que ele não estava mais mudando o timbre e reconhecia seus olhos também e a expressão de seu rosto e toda a sua atitude, e a própria pessoa dele, dentro da aparência em que ele tinha se envolvido.

– Arsène Lupin – murmurei.

– Sim, Arsène Lupin – exclamou ele, levantando-se. – O único e magnífico Lupin, de volta do reino das sombras, pois parece que agonizei e morri em uma cripta. Arsène Lupin, vivendo com toda a vivacidade, agindo com toda a sua vontade, feliz e livre, e mais do que nunca resolvido a desfrutar dessa feliz independência em um mundo onde até aqui só encontrei favores e privilégios.

Foi minha vez de rir.

– Então é mesmo você, e mais alegre do que no dia em que tive o prazer de vê-lo no ano passado... Cumprimento-o.

Eu fazia alusão a sua última visita, visita que se seguira à famosa aventura do diadema[8], seu casamento rompido, sua fuga com Sonia Krichnoff, e a morte horrível da jovem russa. Naquele dia, eu havia visto um Arsène Lupin que ignorava,

---

8. *Arsène Lupin*, peça em quatro atos

fraco, abatido, os olhos fundos de chorar, em busca de um pouco de simpatia e de ternura.

– Cale-se! – disse ele – O passado está longe.

– Foi há um ano – observei.

– Foi há dez anos, afirmou ele, os anos de Arsène Lupin contam dez anos mais que os outros.

Não insisti, e, mudando de assunto:

– Como você entrou?

– Meu Deus, como todo mundo, pela porta. Depois, não vendo ninguém, atravessei o salão, segui pela varanda e eis-me aqui.

– Que seja. Mas a chave da porta?

– Não existem portas para mim, o senhor sabe. Precisava do seu apartamento e entrei.

– Às suas ordens. Devo deixá-lo?

– Oh! De maneira nenhuma, o senhor não será demais. Posso mesmo dizer que a noite será interessante.

– O senhor espera alguém?

– Sim, marquei um encontro aqui às 10 horas...

Ele consultou o relógio.

– Dez horas. Se o telegrama tiver chegado, a pessoa não tardará...

A campainha tocou no vestíbulo.

– O que eu disse? Não, não se incomoda... eu mesmo irei.

Com quem, diabos!, poderia ele ter marcado um encontro? E a que cena dramática ou burlesca eu iria assistir? Para que o próprio Lupin a considerasse como digna de interesse, seria necessário que a situação fosse de alguma forma excepcional.

Ao fim de um instante ele voltou à frente de um jovem magro, alto e de rosto muito pálido.

Sem uma palavra, com certa solenidade nos gestos, que

me perturbava, Lupin acendeu todas as lâmpadas. A sala foi inundada de luz. Então, os dois homens se olharam, profundamente, como se, com todo o esforço de seus olhos ardentes, tentassem penetrar um no outro. E era um espetáculo impressionante vê-los assim, graves e silenciosos. Mas quem poderia ser o recém-chegado? No momento em que estava prestes a adivinhar, pela semelhança que ele oferecia com uma fotografia recentemente publicada, Lupin virou-se para mim:

– Caro amigo, apresento-lhe o sr. Isidore Beautrelet. E logo, dirigindo-se ao jovem:

– Tenho de agradecer-lhe, sr. Beautrelet, primeiro por ter aceitado, com uma carta minha, retardar suas revelações até essa entrevista e, em seguida, por me ter concedido essa entrevista com tanta boa vontade.

Beautrelet sorriu.

– Peço-lhe que observe que minha boa vontade consiste sobretudo em obedecer às suas ordens. A ameaça que o senhor me faz na carta em questão é ainda mais peremptória, uma vez que não se dirige a mim, mas visa meu pai.

– Meu Deus – respondeu Lupin, rindo –, agimos como podemos e é preciso se servir dos meios que possuímos. Eu sabia por experiência que sua própria segurança lhe era indiferente, já que resistiu aos argumentos do sr. Brédoux. Restava seu pai... seu pai, a quem o senhor é vivamente afeiçoado... Essa foi minha aposta.

– E aqui estou – concordou Beautrelet.

Convidei-os a sentar. Eles consentiram, e Lupin, no tom imperceptível de ironia, que lhe era peculiar, disse:

– Em todo caso, sr. Beautrelet, se o senhor não aceita meus agradecimentos, ao menos não rejeitará minhas desculpas.

– Desculpas! E por que, senhor?

– Pela brutalidade com que o sr. Brédoux tratou o senhor.

– Confesso que o ato me surpreendeu. Não foi a maneira de agir habitual de Lupin. Uma facada...
– Eu não tive nada a ver com isso. O sr. Brédoux é um novo recruta. Meus amigos, durante o tempo em que estiveram à frente dos negócios, pensaram que poderia ser útil conquistarmos o próprio escrivão do juiz para nossa causa.
– Seus amigos não estavam errados.
– De fato, Brédoux que era especialmente ligado a você, nos foi precioso. Mas, com aquele ardor próprio a todo neófito que quer se distinguir, levou seu zelo um pouco longe demais e contrariou meus planos quando se permitiu, por iniciativa própria, feri-lo.
– Oh, foi uma pequena contrariedade!
– Mas não, mas não, eu o repreendi severamente. Devo dizer, no entanto, a seu favor, que ele foi pego desprevenido pela rapidez inesperada de sua investigação. Mais algumas horas e o senhor teria escapado desse ataque imperdoável.
– E eu teria tido a grande vantagem, sem dúvida, de sofrer o destino dos senhores Ganimard e Sholmes?
– Precisamente – disse Lupin, rindo ainda mais. – E eu não teria conhecido as preocupações cruéis que seu ferimento me causou. Passei com isso, eu juro, horas atrozes e ainda hoje sua palidez me traz um remorso pungente. Você não me culpa mais?
– A prova de confiança – respondeu Beautrelet –, que o senhor me deu, entregando-se a mim sem condições – teria-me sido tão fácil trazer alguns amigos de Ganimard! – Essa prova de confiança apaga tudo.

Falava ele seriamente? Admito que eu estava muito confuso. A luta entre esses dois homens começava de uma maneira que eu não compreendia. Eu, que havia assistido o primeiro encontro de Lupin e Sholmes[9], no café da Gare du Nord, não

---
9. *Arsène Lupin contra Herlock Sholmes.*

podia me impedir de lembrar do aspecto altivo dos dois combatentes. Do choque assustador de seus orgulhos debaixo da polidez de suas maneiras, os rudes golpes que se desferiam, suas emboscadas, sua arrogância.

Aqui, nada de parecido, ele, Lupin, não havia mudado. Mesma tática, mesma afabilidade maliciosa. Mas com que estranho adversário ele se batia! Era mesmo um adversário? Na verdade, ele não tinha nem o tom, nem a aparência. Muito calmo, mas de uma calma real, que não mascarava a raiva de um homem que se contém, muito polido, mas sem exagero, sorridente, mas sem zombaria, ele oferecia em relação a Arsène Lupin o mais perfeito contraste, tão perfeito que Lupin parecia tão perplexo quanto eu.

Não, seguramente Lupin não tinha, diante desse adolescente frágil, de faces rosadas como uma moça, de olhos cândidos e encantadores, não, Lupin não tinha sua segurança habitual. Muitas vezes observei nele traços de constrangimento. Ele hesitava, não atacava francamente, perdia tempo em frases doces e em sentimentalidades.

Diria-se também que lhe faltava alguma coisa. Parecia estar procurando, esperando. O quê? Que ajuda?

Tocaram novamente. Ele mesmo, e vivamente, foi abrir.

Voltou com uma carta.

– Permitem-me, senhores? – perguntou-nos.

Quebrou o lacre. Ela continha um telegrama. Leu-o.

Operou-se nele como que uma transformação. Seu rosto clareou-se, seu corpo endireitou-se e eu pude ver as veias de sua fronte, que se inchavam. Era o atleta que eu reencontrava, o dominador, seguro de si, dono dos acontecimentos e das pessoas. Ele jogou o telegrama sobre a mesa e, dando um soco em cima dele, exclamou:

— Agora, sr. Beautrelet, nós dois!

Beautrelet se colocou em posição de escuta, e Lupin começou, em uma voz comedida, mas seca e voluntariosa:

— Tiremos as máscaras, não é, e nada mais de suavidades hipócritas. Somos dois inimigos que sabem perfeitamente o que esperar um do outro, é como inimigos que agimos um com o outro e é por consequência como inimigos que devemos nos tratar.

— Tratar? — disse Beautrelet, surpreso.

— Sim, tratar. Não disse essa palavra ao acaso, e eu a repito, o que quer que me custe. E me custa muito. É a primeira vez que a utilizo com um adversário. Mas também, digo-lhe logo, é a última vez. Aproveite. Só saio daqui com uma promessa sua. Senão, é a guerra.

Beautrelet parecia cada vez mais surpreso. Disse, gentilmente:

— Não esperava por isso... o senhor me fala tão estranhamente! É tão diferente do que eu acreditava!... Sim, eu o imaginava diferente... Por que a raiva, as ameaças? Somos por acaso inimigos, porque as circunstâncias nos coloca em posições opostas, um ao outro? Inimigos... por quê?

Lupin pareceu um pouco desorientado, mas riu, inclinando-se sobre o jovem:

— Escute, meu pequeno, não se trata de escolher suas expressões. Trata-se de um fato, de um fato certo, indiscutível. Este: em dez anos ainda não tinha me batido com um adversário de sua envergadura; com Ganimard, com Herlock Sholmes, brinquei como com crianças. Com o senhor sou obrigado a me defender, e diria mais, a recuar. Sim, nesse momento, o senhor e eu sabemos muito bem que devo me considerar como vencido. Isidore Beautrelet vence Arsène Lupin. Meus planos foram frustrados. O que eu tratava de manter nas sombras, o senhor colocou em plena luz. O senhor me atrapalha, me barra o caminho. Pois bem! já tive o bastante... Brédoux disse isso ao senhor inutilmente. Eu digo-lhe novamente, agora, para que o senhor compreenda. Já tive o bastante.

Beautrelet acenou com a cabeça.

– Mas, enfim, o que o senhor quer?

– A paz! Cada um na sua casa, em seu campo.

– Ou seja, o senhor livre para roubar à vontade, e eu livre para retomar meus estudos.

– Seus estudos... ou o que quiser... não é da minha conta... Mas o senhor me deixará em paz... eu quero a paz...

– E no que posso atrapalhá-lo agora?

Lupin agarrou-lhe a mão com violência.

– O senhor sabe muito bem! Não finja que não sabe. O senhor está atualmente em posse de um segredo ao qual dou a maior importância. Esse segredo, o senhor tem o direito de adivinhar, mas o senhor não tem o direito de torná-lo público.

– O senhor tem certeza de que o conheço?

– O senhor o conhece, tenho certeza: dia após dia, hora após hora, segui a marcha de seu pensamento e o progresso de sua investigação. No mesmo instante em que Brédoux o atingiu, o senhor iria dizer tudo. Por solicitude para com seu pai, o senhor retardou em seguida suas revelações. Mas hoje elas estão prometidas a este jornal aqui. O artigo está pronto. Em uma hora, ele será impresso. Amanhã ele aparece.

– É verdade.

Lupin levantou-se e, cortando o ar com um gesto de sua mão:

– Ele não aparecerá, gritou.

– Ele aparecerá – disse Beautrelet, que se levantara de uma vez.

Enfim os dois homens posicionavam-se um contra o outro. Eu tive a impressão de um choque, como se eles estivessem em um corpo a corpo. Uma energia súbita inflamou Beautrelet. Diria-se que uma faísca havia iluminado nele sentimentos novos, audácia, amor próprio, a voluptuosidade da luta, a embriaguez do perigo. Quanto a Lupin, eu sentia, no brilho de seu olhar, sua alegria de duelista que encontra, enfim, a espada do detestado rival.

– O artigo está concluído?
– Ainda não.
– O senhor o tem aqui... consigo?
– Não seria tão tolo! Já não o tenho.
– Então?
– É um dos redatores que o tem, em um duplo envelope. Se eu não estiver no jornal até a meia-noite, ele o publicará.
– Ah, o malandro – murmurou Lupin –, ele previu tudo!- Sua cólera fermentava, visível, terrifiante.

Beautrelet riu, zombeteiro por sua vez, e embriagado por seu triunfo.

– Cale-se, garoto! – berrou Lupin – Você não sabe, então, quem sou eu? E que se quisesse... Palavra, ele se atreve a rir!

Um grande silêncio caiu entre eles. Depois Lupin avançou e, com uma voz surda, os olhos nos olhos de Beautrelet:

– Você vai correr até o *Grand Jornal*...
– Não.
– Vai rasgar seu artigo.
– Não.
– Vai ver o editor chefe.
– Não.
– Dirá a ele que se enganou.
– Não.

– E escreverá outro artigo, onde dará, sobre o caso de Ambrumésy, a versão oficial, aquela que todo mundo aceitou.

– Não.

Lupin agarrou uma régua de ferro que se encontrava sobre a minha escrivaninha e, sem esforço, quebrou-a. Sua palidez era assustadora. Enxugou as gotas de suor que escorriam pela sua fronte. Ele, que nunca tinha conhecido resistência às suas vontades! A teimosia daquele rapaz o deixava louco.

Colocou as mãos sobre os ombros de Beautrelet e gritou:

– Você fará tudo isso, Beautrelet, dirá que suas últimas descobertas o convenceram de minha morte, que não há sobre isso a menor dúvida. Você dirá porque eu quero, porque é imperioso que acreditem que estou morto. Dirá, sobretudo, porque, se não disser...

– Por que se eu não disser...?

– Seu pai será levado esta noite, como Ganimard e Herlock Sholmes.

Beautrelet sorriu.

– Não ria... responda.

– Respondo que me é muito desagradável para mim contrariá-lo, mas prometi falar e falarei.

– Fale como eu digo.

– Falarei a verdade – gritou Beautrelet ardentemente. – É algo que o senhor não pode entender, o prazer, a necessidade talvez de dizer o que é e de dizê-lo em voz alta. A verdade está aqui, neste cérebro que a descobriu, e ela sairá dele nua e inteira. O artigo será impresso, portanto, exatamente como o escrevi. Saberão que Lupin está vivo, saberão a razão pela qual ele quer que o acreditem morto. Saberão tudo.

E acrescentou tranquilamente:

– E meu pai não será levado.

Ambos ficaram em silêncio mais uma vez, seus olhares sempre presos um ao outro. Vigiavam-se. Suas espadas estavam em guarda. E era o pesado silêncio que antecede o golpe mortal. Quem o daria?

Lupin murmurou:

– Esta madrugada, às 3 horas, salvo aviso contrário de minha parte, dois de meus amigos têm ordem de entrar no quarto de seu pai, de pegá-lo, de boa vontade ou à força, e levá-lo e se reunir com Ganimard e Herlock Sholmes.

Uma gargalhada estridente respondeu-lhe.

– Mas você não compreende, então, ladrão – bradou Beautrelet –, que tomei minhas precauções? Então você imagina que eu sou ingênuo o suficiente para ter, estupidamente, enviado meu pai de volta para casa, para a casinha isolada onde ele mora no campo?

Oh, o lindo riso irônico que animava o rosto do jovem! Riso novo em seus lábios, riso onde se sentia a própria influência de Lupin... E essa informalidade insolente que o colocava logo na primeira tentativa no mesmo nível de seu adversário!... Ele disse:

– Veja só, Lupin, seu grande defeito é acreditar que suas combinações sejam infalíveis. Você se declara derrotado! Que piada! Está persuadido de que no fim das contas, de qualquer maneira você o levará... e se esquece que os outros podem também ter suas combinações. A minha é muito simples, meu bom amigo.

Era delicioso ouvi-lo falar. Ele ia e vinha, as mãos nos bolsos, com a impulsividade e a desenvoltura de um garoto que importuna o animal feroz acorrentado. Realmente, nesse momento, ele vingava, com a mais terrível das vinganças, todas as vítimas do grande aventureiro. E concluiu:

– Lupin, meu pai não está na Savoia. Está do outro lado da França, no meio de uma cidade grande, guardado por vinte de nossos amigos, que têm ordem de não o perder de vista até o fim de nossa batalha. Quer detalhes? Está em Cherbourg, na casa de um dos empregados do arsenal – arsenal que é trancado à noite e onde só se pode penetrar de dia, mediante uma autorização e em companhia de um guia.

Parava em frente a Lupin e o provocava como uma criança que faz uma careta ao coleguinha.

– Que diz disso, mestre?

Durante alguns minutos, Lupin permanecera imóvel. Nem um músculo de seu rosto havia se mexido. No que pensava? A qual ato iria se resolver? Para qualquer pessoa que conhecesse a selvagem violência de seu orgulho, apenas um desfecho era possível: a queda total, imediata, definitiva de seu inimigo. Seus dedos crisparam-se. Tive por um segundo a sensação de que iria se atirar sobre o rapaz e estrangulá-lo.

– O que diz disso, mestre? – repetiu Beautrelet.

Lupin agarrou o telegrama que estava sobre a mesa, estendeu-o e respondeu, muito senhor de si:

– Pegue, bebê, leia isso.

Beautrelet tornou-se sério, subitamente impressionado pela doçura do gesto. Desdobrou o papel e, subitamente, levantando os olhos, murmurou:

– O que significa?... Não compreendo...

– Compreende muito bem a primeira palavra, disse Lupin... a primeira palavra da missiva... ou seja, o nome do lugar de onde ela foi expedida... Olhe... *Cherbourg*.

– Sim... sim... – balbuciou Beautrelet. – sim... *Cherbourg*... e daí?

– E daí?... Parece-me que o que vem a seguir não é menos claro: "*Remoção do pacote terminada... camaradas partiram com*

ele e esperamos instruções até 8 horas da manhã. Tudo vai bem."
O que te parece mesmo obscuro? A palavra pacote? Bah, não poderiam escrever sr. *Beautrelet pai.* Então, o que foi? A maneira com que a operação foi feita? O milagre graças ao qual seu pai foi tirado do arsenal de Cherbourg, apesar de seus vinte guarda- costas? Bah, é a infância da arte! O que importa é que o pacote foi expedido. O que diz disso, bebê?

Com o corpo todo tenso, com um esforço exasperado, Isidore tentava fazer boa presença. Mas via-se o estremecimento de seus lábios, seu queixo se contraindo, seus olhos que tentavam em vão se fixar em algum ponto. Ele gaguejou algumas palavras, calou-se e, de repente, curvando-se, as mãos no rosto, arrebentou em soluços:

– Oh! Papai... papai...

Desfecho imprevisto, que era bem o colapso que o amor-próprio de Lupin reclamava, mas que era também outra coisa, outra coisa infinitamente tocante e infinitamente ingênua. Lupin teve um gesto de aborrecimento e pegou seu chapéu, como que exasperado por aquela crise insólita de sensibilidade. Mas, no limiar da porta parou, hesitou e voltou, passo a passo, lentamente.

O som suave dos soluços aumentou como o lamento triste de uma criança dominada pela dor. Os ombros marcavam um ritmo de partir o coração. Lágrimas escorriam por entre os dedos cruzados. Lupin inclinou-se e, sem tocar em Beautrelet, disse-lhe, em uma voz que não havia o menor tom de censura, nem mesmo dessa piedade ofensiva dos vencedores:

– Não chore, criança. São esses os golpes que se pode esperar quando nos jogamos na batalha de guarda baixa, como você fez. Os piores desastres nos espreitam... É nosso destino de lutadores que quer assim. É preciso suportar corajosamente.

A Agulha Oca

Depois, com doçura, continuou:

– Você tem razão, vê só, nós não somos inimigos. Há muito tempo que sei disso... Desde o primeiro momento senti por você, pelo ser inteligente que você é, uma simpatia involuntária... e admiração... E é por isso que quero lhe dizer isso... sobretudo não se ofenda... eu ficaria desolado em ofendê-lo... mas é preciso que lhe diga... bem, renuncie a lutar comigo... Não é por vaidade que digo isso a você... também não é por desprezá-lo... mas você vê... a luta é desigual demais... Você não conhece... ninguém conhece todos os recursos de que disponho... Veja, esse segredo da Agulha Oca que você procura tão em vão decifrar, admita por um instante que seja um tesouro formidável, inesgotável... ou ainda um refúgio invisível, prodigioso, fantástico... Ou talvez os dois... Imagine o poder sobre-humano que posso tirar dele! E você também não conhece todos os recursos que possuo... tudo o que minha vontade e minha imaginação me permitem empreender e ter sucesso. Pense, então, que minha vida inteira –desde que nasci, eu poderia dizer – está estendida em direção ao mesmo objetivo, que eu trabalhei como um escravo antes de ser o que sou, para realizar com toda a perfeição o sujeito que eu queria criar, que consegui criar. Então... o que você pode fazer? No mesmo momento em que você acreditar obter a vitória, ela te escapará... acontecerá qualquer coisa que você não imaginava... um nada... um grão de areia que eu terei mudado para outro lugar, sem o seu conhecimento... Peço-lhe, desista... serei obrigado a lhe fazer mal, e isso me entristece...

E, colocando-lhe a mão sobre a fronte, repetiu:

– Uma segunda vez, garoto, desista. Eu te farei mal. Quem sabe se a armadilha em que você cairá inevitavelmente já não esteja aberta sob seus pés?

Beautrelet descobriu o rosto. Não chorava mais. Havia escutado as palavras de Lupin? Poderia-se duvidar, pelo seu ar distraído. Ficou em silêncio por dois ou três minutos. Parecia pesar a decisão que tomaria, examinar os prós e contras, contar as chances favoráveis e desfavoráveis. Enfim, disse a Lupin:

– Se eu mudar a direção do meu artigo e se eu confirmar a versão de sua morte, e se eu prometer nunca desmentir a versão falsa a que vou dar crédito, você jura que meu pai será libertado?

– Juro. Meus amigos estão com seu pai em um automóvel em uma outra cidade da província. Amanhã de manhã, às 7 horas, se o artigo do *Grand Jornal* estiver de acordo com o que peço, telefonarei a eles e eles colocarão seu pai em liberdade.

– Que seja – disse Beautrelet –, submeto-me às suas condições. Rapidamente, como se achasse inútil, após aceitar sua derrota, prolongar a conversa, levantou-se, pegou seu chapéu, cumprimentou-me, cumprimentou Lupin e saiu.

Lupin olhou-o sair, escutou o barulho da porta que se fechava e murmurou:

– Pobre criança...

Na manhã seguinte, às 8 horas, enviei meu criado para comprar um exemplar do *Grand Jornal*. Ele só o trouxe depois de vinte minutos, pois a maior parte dos quiosques já não o tinham mais.

Desdobrei febrilmente a folha. *Na manchete aparecia o artigo de Beautrelet*. Ei-lo aqui, da maneira como os jornais do mundo inteiro o reproduziram:

O DRAMA DE AMBRUMÉSY

O objetivo destas linhas não é explicar minuciosamente o trabalho de reflexões e pesquisas, graças aos quais consegui reconsti-

tuir o drama, ou melhor, o duplo drama de Ambrumésy. Em minha opinião, essa espécie de trabalho e os comentários que ele comporta, deduções, induções, análises etc., tudo isso oferece apenas um interesse relativo, e, em todo caso, muito banal. Não contentarei-me em expor as duas ideias diretoras de meus esforços, e acontecerá que, expondo-as e resolvendo os dois problemas que elas solucionam, terei contado esse caso simplesmente, seguindo a própria ordem dos fatos que o constituem.

Notarão, talvez, que alguns desses fatos não estão provados, e que eu deixo uma parte bastante grande à hipótese, é verdade. Mas acredito que minha hipótese esteja fundamentada sobre um número suficientemente grande de certezas, para que a sequência dos fatos, mesmo não provados, se imponha com um rigor inflexível. A fonte se perde frequentemente sob o leito de seixos, não é menos que a própria fonte que vemos novamente, a intervalos, onde se reflete o azul do céu...

Anuncio, assim, o primeiro enigma, não o enigma em detalhes, mas o geral, que me ocorre: como é que Lupin, ferido de morte, pode-se dizer, viveu quarenta dias sem cuidados, sem medicamentos, sem alimentos, no fundo de um buraco obscuro?

Recomecemos do início. No dia 16 de abril, às 4 horas da manhã, Arsène Lupin, surpreendido no meio de um de seus mais audaciosos roubos, fugiu pelo caminho das ruínas e caiu ferido por uma bala. Arrastou-se com dificuldade, caiu novamente e se levantou, com a esperança obstinada de chegar até a capela. Lá se encontra a cripta, que o acaso lhe revelou. Se ele pudesse se esconder lá, talvez estaria a salvo. À força da própria energia, ele aproximou-se e estava a alguns metros quando ocorre um som de passos. Desgastado, perdido, ele se abandona. O inimigo está chegando. Era a srta. Raymonde de Saint-Véran. Este é o prólogo do drama, ou melhor, a primeira cena do drama.

O que se passou entre eles? É ainda mais fácil de adivinhar porque a sequência da aventura nos dá todas as dicas. Ao pé da jovem está um homem ferido, que o sofrimento esgota, e que em dois minutos será capturado. Esse homem, foi ela quem feriu. Irá ela igualmente entregá-lo?

Se ele fosse o assassino de Jean Daval, sim, ela deixaria o destino se concluir. Mas, em frases rápidas, ele contou-lhe a verdade sobre esse assassinato em legítima defesa cometido por seu tio, o sr. de Gesvres. Ela acreditou nele. O que vai ela fazer? Ninguém pode vê-los. O criado Victor vigia a portinha. O outro, Albert, postado na janela do salão, não pode ver nem um nem outro. Entregará ela o homem que feriu?

Um movimento de piedade irresistível que todas as mulheres compreenderão se apoderou da jovem. Dirigida por Lupin, rispidamente, ela enfaixou o ferimento com seu lenço, para evitar as manchas que o sangue deixaria. Depois, servindo-se da chave que ele lhe dá, ela abre a porta da capela. Ele entra, apoiado pela jovem. Ela torna a fechar e se afasta. Albert chega.

Se alguém visitasse a capela naquele momento, ou ao menos durante os minutos que se seguiram, Lupin, não tendo tempo de recuperar suas forças, de levantar a laje e de desaparecer pela escada da cripta, Lupin seria pego... Mas essa visita só aconteceu seis horas mais tarde e da maneira mais superficial. Lupin está salvo, e salvo por quem? Por aquela que quase o matou.

Além disso, quer ela queira, quer não, a srta. de Saint-Véran é agora sua cúmplice. Não somente não pôde mais entregá-lo, mas é preciso que ela continue sua obra, sem o que, o ferido perecerá no asilo onde ela o ajudou a se esconder. E ela continua... Além do mais, seu instinto de mulher torna-lhe a tarefa obrigatória, e ele a torna mais fácil para ela. Ela tem todas as atenções, ela prevê tudo. É ela quem dá ao juiz um falso sinal de Arsène Lupin (que se lembre *da divergência de opinião entre as duas primas a esse respeito). É ela, evidentemente, quem, através de certos indícios que eu ignoro, adivinha sob seu disfarce de motorista, o cúmplice de Lupin. É ela quem o avisa. É ela quem lhe assinala a urgência de uma cirurgia. É ela sem dúvida que substitui um boné por outro. É ela quem faz escrever o famoso bilhete no qual é designada e ameaçada pessoalmente – como, depois disso, poderiam suspeitar dela?*

É ela quem, no momento em que eu ia confiar ao juiz minhas primeiras impressões, afirma ter me visto, na véspera no bosque, inquieta o sr. Filleul a meu respeito e me reduz ao silêncio. Manobra perigosa, é verdade, pois ela desperta minha atenção e a dirige contra aquela que me sobrecarrega de uma acusação que eu sei ser falsa, mas manobra eficaz, pois trata-se, acima de tudo, de ganhar tempo e de me calar a boca. E é ela quem, durante quarenta dias, alimenta Lupin, leva-lhe remédios (que se interrogue o farmacêutico de Ouvile, ele mostrará as receitas que preparou para a srta. de Saint-Véran), é ela, enfim, que cuida do doente, que o pensa, que o vela e que o cura.

E aí está o primeiro de nossos dois problemas resolvido, ao mesmo tempo em que o drama é exposto. Arsène Lupin encontrou, perto de si, no próprio castelo, o socorro que lhe era indispensável, de início para não ser descoberto, em seguida, para sobreviver.

Agora ele vive. E é então que se coloca o segundo problema, cuja investigação me serve de fio condutor e que corresponde ao segundo drama de Ambrumésy. Por que Lupin, vivo, livre, novamente à frente de seu bando, todo poderoso como outrora, por que Lupin faz esforços desesperados, esforços contra os quais eu me bato incessantemente, para impor à Justiça e ao público a ideia de sua morte?

É importante se lembrar que a srta. de Saint-Véran era muito bonita. As fotografias que os jornais reproduziram na época de seu desaparecimento dão apenas uma ideia imperfeita de sua beleza. Acontece, então, o que não poderia deixar de acontecer. Lupin, que durante quarenta dias vê essa bela jovem, que deseja sua presença quando ela não está lá, que se submete ao seu encanto e a sua graça, que respira, quando ela se curva sobre ele o perfume fresco de seu hálito, Lupin se apaixona por sua enfermeira. O reconhecimento torna-se amor, a admiração torna-se paixão. Ela é a saúde, mas ela é também a alegria de seus olhos, o sonho de suas horas solitárias, sua luz, sua esperança, sua própria vida.

Ele a respeita a ponto de não se aproveitar do devotamento da jovem, e de não a usar para dirigir seus cúmplices. Há uma flutuação, de fato, nos atos do bando. Mas ele a ama também, e seus escrúpulos se atenuam, e como a srta. de Saint-Véran não se deixa tocar por um amor que a ofende, como ela espaça suas visitas à medida que elas se tornam menos necessárias e como ela as cessa no dia em que ele está curado... desesperado, enlouquecido de dor, ele toma uma resolução terrível. Ele sai de seu covil, prepara seu golpe e, no sábado, 6 de junho, ajudado por seus cúmplices, sequestra a jovem.

Não é tudo. Esse rapto, é preciso que ninguém o conheça. É preciso cortar de uma vez todas as buscas, todas as suposições, todas as esperanças mesmo: a srta. de Saint-Véran se passará por morta. Um assassinato é simulado, as provas são oferecidas às investigações. O crime é certo. Crime previsto, aliás, crime anunciado por seus cúmplices, crime executado para vingar a morte do chefe, e por lá mesmo – vejam a engenhosidade maravilhosa de tal concepção – por lá mesmo se encontra – como direi? – iniciada a crença nessa morte.

Não basta suscitar uma crença, é preciso impor uma certeza. Lupin está planejando minha intervenção. Eu adivinharei a falsificação da capela. Eu descobrirei a cripta. E como a cripta estará vazia, todo o castelo ruirá.

A cripta não estará vazia.

Da mesma forma, a morte da srta. de Saint-Véran só será definitiva quando o mar rejeitar seu cadáver.

A Agulha Oca

O mar devolverá o cadáver da srta. de Saint-Véran!
A dificuldade é formidável? O duplo obstáculo, intransponível? Sim, para qualquer um que não seja Lupin, mas não para Lupin...

Assim, como ele havia previsto, eu adivinho a falsificação da capela, eu descubro a cripta e desço para o covil onde ele havia se refugiado. Seu cadáver estará lá!

Todas as pessoas que admitissem a morte de Lupin como impossível, foram derrotadas. Mas, por um segundo, eu não havia admitido tal eventualidade (por intuição de início, por raciocínio em seguida). O subterfúgio se tornava, então, inútil e vãs todas as combinações. Imediatamente disse a mim mesmo que o bloco de pedra derrubado por uma picareta havia sido colocado lá com uma precisão bem curiosa, que a menor batida deveria fazê-lo cair e que, caindo, inevitavelmente deveria estilhaçar a polpa da cabeça do falso Arsène Lupin, de maneira a torná-lo irreconhecível.

Outra descoberta. Uma meia hora depois, soube que o cadáver da srta. de Saint-Véran havia sido descoberto sobre os rochedos de Dieppe... ou melhor, um cadáver que se supunha ser o da srta. de Saint-Véran, pelo motivo de que o braço trazia uma pulseira semelhante a uma das pulseiras da jovem. Era, além disso, a única marca de identidade, já que o corpo estava irreconhecível.

Então me lembrei e compreendi. Alguns dias antes eu lera, em um número do La Vigie de Dieppe, que um jovem casal de americanos, que fazia uma estadia em Envermeu, envenenou-se voluntariamente, e que na mesma noite de sua morte, seus corpos desapareceram. Corro até Envermeu. A história é verdadeira, dizem-me, a não ser no que concerne ao desaparecimento, já que foram os próprios irmãos das duas vítimas que vieram reclamar os corpos e que os levaram depois das constatações de praxe. Esses irmãos, não há nenhuma dúvida que se chamavam Arsène Lupin e companhia.

Consequentemente, a prova está feita. Sabemos o motivo pelo qual Arsène Lupin simulou a morte da jovem e reconheceu a própria morte. Ele ama e não quer que o saibam. E para que não saibam, ele não recua diante de nada, ele vai até empreender esse roubo inacreditável dos dois cadáveres, dos quais ele precisa para fazerem o papel dele mesmo e da srta. de Saint-Véran. Assim, ele estará tranquilo. Nada pode perturbá-lo. Ninguém suspeitará da verdade que ele quer sufocar.

Ninguém? Se... três adversários, se necessário, poderiam conceber algumas dúvidas: Ganimard, de quem se espera a vinda, Herlock Sholmes, que deve atravessar o estreito[10], e eu, que já estou aqui. Há um triplo perigo. Ele o suprime. Ele sequestra Ganimard. Ele sequestra Herlock Sholmes. Ele faz Brédoux me dar uma facada.

Um único ponto permanece obscuro. Por que Lupin está tão obcecado em pegar de volta de mim o documento da Agulha Oca? Ele não teria a pretensão de, tomando-o de volta, apagar de minha memória o texto de cinco linhas que o compõe. Então por quê? Ele tem medo que a própria natureza do papel ou qualquer outro indício me forneça alguma informação?

Seja como for, essa é a verdade sobre o caso de Ambrumésy. Repito que a hipótese tem, na explicação que proponho, um certo papel, e que ela teve um grande papel na minha investigação pessoal. Mas se se espera por provas e fatos para combater Lupin, arrisca-se fortemente a esperá-los para sempre ou mesmo descobrir que, armados por Lupin, conduzirão exatamente ao contrário do objetivo.

Tenho confiança que os fatos, quando forem conhecidos, confirmarão minhas hipóteses em todos os pontos."

---

*10. Refere-se ao Estreito de Dover, trecho do Canal da Mancha em que a Grã-Bretanha está mais próxima da França (N. do T.)

A Agulha Oca

Assim, portanto, Beautrelet, por um momento dominado por Arsène Lupin, perturbado pelo sequestro de seu pai e resignado à derrota, Beautrelet, no fim das contas, não havia se resolvido a guardar silêncio. A verdade era por demais bela e estranha, as provas que ele podia dar por demais lógicas e conclusivas para que ele aceitasse deturpá-las. O mundo inteiro esperava suas revelações, e ele falava. Na mesma noite daquele dia em que seu artigo apareceu, os jornais anunciaram o sequestro do sr. Beautrelet pai. Isidore fora advertido por um telegrama de Cherbourg recebido às 3 horas.

5

Na pista

A VIOLÊNCIA DO GOLPE ATURDIU O JOVEM BEAUTRELET. No fundo, ainda que tivesse obedecido, publicando seu artigo, a um desses movimentos irresistíveis que nos fazem desdenhar de toda prudência, no fundo ele não havia acreditado na possibilidade de um sequestro. Suas precauções eram boas demais. Os amigos de Cherbourg não haviam sido instruídos apenas a guardar o Beautrelet pai, eles deviam também vigiar suas idas e vindas, não o deixar jamais sair sozinho, e até mesmo não entregar-lhe nenhuma carta sem antes abri-la. Não, não havia perigo. Lupin blefava; Lupin, desejoso de ganhar tempo, procurava intimidar seu adversário. O golpe foi, portanto, quase imprevisto, e durante toda a madrugada, na impotência em que se encontrava para agir, ele sentiu seu choque doloroso. Apenas uma ideia o sustentava: partir, ir até lá, ver por si mesmo o que havia se passado e retomar a ofensiva. Enviou um telegrama a Cherbourg. Por volta das 8 horas, chegava à estação de Saint-Lazare. Alguns minutos mais tarde, o expresso o levava.

Foi apenas uma hora mais tarde, desdobrando maquinalmente um jornal da noite comprado na plataforma que ele tomou conhecimento da famosa carta através da qual Lupin respondia indiretamente ao seu artigo da manhã.

A Agulha Oca

Senhor editor,

Não pretendo em absoluto que minha modesta personalidade, que certamente em tempos mais heroicos teria passado completamente despercebida, tenha qualquer relevância em nossa época de covardia e de mediocridade. Mas há um limite que a curiosidade doentia das multidões não pode atravessar, sob pena de desonesta indiscrição. Se não se respeita mais os muros da vida privada, qual será a salvaguarda dos cidadãos?

Invocarão o interesse superior da verdade? Vão pretexto, em minha opinião, pois a verdade é conhecida e não tenho nenhuma dificuldade em escrever uma confissão oficial. Sim, a srta. de Saint--Véran está viva. Sim, eu a amo. Sim, tenho a infelicidade de não ser amado por ela. Sim, a investigação do pequeno Beautrelet é admirável em precisão e em justeza. Sim, estamos de acordo sobre todos os pontos. Não há mais enigmas. Bem, e daí?...

Atingido até as profundezas de minha alma, sangrando ainda das feridas morais mais cruéis, peço que não se entreguem mais a malignidade pública de meus sentimentos mais íntimos e de minhas esperanças mais secretas. Peço por paz, a paz que me é necessária para conquistar a afeição da srta. de Saint-Véran, e para apagar de sua lembrança os mil pequenos ultrajes que lhe valeram da parte de seu tio e de sua prima – isso não foi dito – sua situação de parente pobre. A srta. de Saint-Véran esquecerá esse passado detestável. Tudo o que ela poderá desejar, seja a joia mais bela do mundo, seja o tesouro mais inacessível, eu colocarei a seus pés. Ela será feliz. Ela me amará. Mas para vencer, ainda uma vez, preciso de paz. É por isso que eu deponho as armas e é por isso que trago a meus inimigos o ramo de oliveira, – mas advertindo-os, aliás generosamente, que uma recusa da parte deles pode ter, para eles, as mais graves consequências.

Uma palavra ainda a respeito do sr. Harlington. Sob esse nome, esconde-se um rapaz excelente, secretário do milionário americano Cooley, e encarregado por ele de trazer da Europa todos os objetos de arte que fosse possível descobrir. O azar fez com que ele esbarrasse em meu amigo, Étienne de Vaudreix, aliás Arsène Lupin, aliás eu. Ele soube assim, o que aliás era mentira, que um certo sr. de Gesvres queria se desfazer de quatro Rubens, com a condição que fossem substituídos por cópias e que se ignorasse a barganha em que ele consentia. Meu amigo Vaudreix afirmava fortemente que persuadia o sr. de Gesvres a vender a Chapelle-Dieu. As negociações seguiram-se com inteira boa-fé da parte de meu amigo Vaudreix, com uma ingenuidade encantadora da parte do sr. Harlington, até o dia em que os Rubens e as pedras esculpidas da Chapelle-Dieu estivessem em lugar seguro... e o senhor Harlington na prisão. Não há mais nada a fazer então a não ser soltar o desafortunado americano, pois ele se contentou com o modesto papel de otário, para servir o milionário Cooley, pois este, por temor dos possíveis aborrecimentos, não protestou contra a prisão de seu secretário, e felicitar meu amigo Étienne de Vaudreix, aliás eu, por ter vingado a moral pública guardando os 5 mil francos que recebeu adiantado do antipático Cooley.

Perdõe pela extensão dessas linhas, meu caro editor, e acredite em meus sentimentos respeitosos.

Arsène Lupin.

Talvez Isidore tenha pesado os termos dessa carta com tanta minúcia quanto havia estudado o documento da *Agulha Oca*. Ele partia do princípio, cuja justeza era fácil de demonstrar, que Lupin jamais havia se dado ao trabalho de mandar uma só de suas divertidas cartas aos jornais sem uma necessidade absoluta, sem um motivo que os acontecimentos não deixavam de colocar à luz, mais dia, menos dia. Qual era o motivo dessa? Por qual razão secreta confessava ele seu amor e seu insucesso nesse amor? Era lá que seria preciso procurar, ou bem nas explicações concernentes ao sr. Harlington, ou mais longe ainda, nas entrelinhas, atrás de todas essas palavras cujo significado aparente não tinha talvez outro objetivo que o de sugerir uma pequena ideia malvada, pérfida, desconcertante?...

Por horas o jovem, encerrado em seu compartimento, permaneceu pensativo, inquieto. Essa carta inspirava-lhe desconfiança, como se tivesse sido escrita para ele e destinada a induzi-lo ao erro, a ele, pessoalmente. Pela primeira vez, e porque ele se encontrava diante não mais de um ataque direto, mas de um processo de luta ambígua, indefinível, ele experimentava a sensação muito clara do medo. E, pensando em seu bom e velho pai, sequestrado por sua culpa, ele se perguntava, com angústia, se não seria loucura perseguir um duelo assim desigual. O resultado não era certo? Lupin não havia vencido antecipadamente?

Curto desfalecimento! Quando desceu de seu compartimento, às 6 horas da manhã, reconfortado por algumas horas de sono, ele havia recuperado toda a sua fé. Na estação, Froberval, o empregado do porto militar que havia hospedado Beautrelet pai o esperava, acompanhado de sua filha Charlotte, uma menina de 12 ou 13 anos.

– E então? – perguntou Beautrelet.

Quando o bom homem começou a resmungar, ele o interrompeu e o levou a uma taverna próxima, pediu café e começou claramente, sem permitir a seu interlocutor a menor digressão:

– Meu pai não foi sequestrado, não é, era impossível?

– Impossível. No entanto, ele desapareceu.

– Desde quando?

– Não sabemos.

– Como!

– Não. Ontem de manhã, às 6 horas, não o vendo descer, abri sua porta. Ele não estava mais lá.
– Mas antes de ontem ele ainda estava?
– Sim. Antes de ontem ele não deixou o quarto. Estava um pouco cansado, e Charlotte levou-lhe seu almoço ao meio-dia e seu jantar às 7 horas da noite.
– Foi, portanto, entre 7 horas da noite de antes de ontem e 6 horas da manhã de ontem que ele desapareceu?
– Sim. Na noite antes dessa. Somente...
– Somente?
– Bem!... à noite, não se pode sair do arsenal.
– Então ele não saiu?
– Impossível! Os camaradas e eu, nós revistamos todo o porto militar.
– Então é porque ele saiu.
– Impossível. Tudo é vigiado.

Beautrelet pensou, depois perguntou:
– No quarto, a cama estava desfeita?
– Não.
– E o quarto estava em ordem?
– Sim. Encontrei seu cachimbo no mesmo lugar, seu tabaco, o livro que ele lia. No meio desse livro, havia essa pequena fotografia sua, que mantinha a página aberta.
– Deixe-me ver.

Froberval passou a fotografia. Beautrelet teve um gesto de surpresa. Acabara de se reconhecer sobre o instantâneo, de pé, as duas mãos nos bolsos, em volta dele um gramado com árvores e ruínas. Froberval acrescentou:
– Deve ser o último retrato que lhe enviou. Veja aqui atrás, há uma data... *3 de abril*, o nome do fotógrafo, *R. de Val*, e o nome da cidade, *Lion*... Lion-sur-Mer... talvez.

Isidore, de fato, havia virado o papelão e lia essa pequena nota, com sua própria letra: *R. de Val – 3-4 – Lion*. Ficou em silêncio durante alguns minutos e disse:

– Meu pai ainda não havia lhe mostrado esse instantâneo?

– Bem, não... e isso me espantou quando o vi ontem... pois seu pai nos falava frequentemente do senhor!

Um novo silêncio, muito longo. Froberval murmurou:

– É que tenho trabalho na oficina. Talvez possamos voltar...

Ele se calou. Isidore não havia tirado os olhos da fotografia, examinando-a em todas as direções. Enfim, perguntou:

– Existe, em um pequeno lugar fora da cidade um albergue do Leão de Ouro?

– Sim, mas sim, a um quilômetro daqui.

– Na estrada de Valognes, não é?

– Na estrada de Valognes, de fato.

– Bem, tenho todos os motivos para supor que esse albergue foi o quartel-general dos amigos de Lupin. Foi de lá que eles entraram em contato com meu pai.

– Que ideia! Seu pai não falava com ninguém. Ele não viu ninguém.

– Ele não viu ninguém, mas serviram-se de um intermediário.

– Que prova o senhor tem?

– Esta fotografia.

– Mas é a sua?

– É a minha, mas não foi enviada por mim. Eu nem mesmo a conhecia. Ela foi tirada sem o meu conhecimento nas ruínas de Ambrumésy, sem dúvida pelo escrivão do juiz o qual era, como o senhor sabe, cúmplice de Arsène Lupin.

– E então?

– Essa fotografia foi o passaporte, o talismã graças ao qual captaram a confiança de meu pai.

– Mas quem? Quem pôde se infiltrar na minha casa?

– Não sei, mas meu pai caiu na armadilha. Disseram-lhe, e ele acreditou, que eu estava nos arredores e que pedia para vê-lo e que marcava um encontro no albergue do Leão de Ouro.

– Mas é loucura tudo isso? Como o senhor pode afirmar?

– Muito simplesmente. Imitaram minha escrita atrás do papelão e precisaram o encontro... Estrada de Valognes, 3, km 400, albergue do Leão. Meu pai foi e apoderaram-se dele, foi isso.

– Que seja – murmurou Froberval aturdido –, que seja... eu admito... as coisas se passaram assim... mas nada disso pode explicar como ele pôde sair durante a noite.

– Ele saiu em pleno dia e esperou pela noite para comparecer ao encontro.

– Mas como, droga, se ele não deixou seu quarto durante o dia todo de anteontem!

– Haveria um meio de ter certeza; corra até o porto, Froberval, e procure um dos homens que estavam de guarda na tarde de anteontem... Somente apresse-se, se quiser me reencontrar aqui.

– O senhor está partindo, então?

– Sim, vou tomar o trem novamente.

– Como!... Mas o senhor não sabe... Sua investigação...

– Minha investigação está terminada. Já sei quase tudo o que queria saber. Em uma hora terei deixado Cherbourg. Froberval tinha se levantado. Olhou Beautrelet, com um ar absolutamente confuso, hesitou um momento, depois pegou o boné.

– Você vem, Charlotte?

– Não, disse Beautrelet, eu precisaria ainda de algumas informações. Deixe-a comigo. Depois conversaremos. Conheço-a desde pequenininha.

Froberval se foi. Beautrelet e a garotinha ficaram sozinhos

na sala da taverna. Os minutos se passaram, um garçom entrou trazendo as xícaras e desapareceu.

Os olhos do jovem e da criança se encontraram e, com infinita doçura, Beautrelet colocou sua mão sobre a mão da garotinha. Ela o olhou por dois ou três segundos, perdida, como que sufocada. Depois, cobrindo bruscamente o rosto entre os braços dobrados, explodiu em soluços.

Ele a deixou chorar e, depois de um instante, disse-lhe:

– Foi você quem fez tudo, não é, foi você quem serviu de intermediária? Foi você quem trouxe a fotografia? Você confessa, não é? E quando você disse que meu pai estava em seu quarto antes de ontem, você sabia muito bem que não, que não estava, pois foi você quem o ajudou a sair...

Ela não respondia. Ele continuou:

– Por que você fez isso? Ofereceram-lhe dinheiro, sem dúvida... para comprar fitas... um vestido...

Descruzou os braços de Charlotte e levantou-lhe a cabeça. Percebeu um pobre rosto sulcado de lágrimas, um rosto gracioso, inquieto e comovente, dessas garotinhas que estão destinadas a todas as tentações e a todas as falhas.

– Vamos – disse Beautrelet –, terminou, não falemos mais nisso... Não vou nem te perguntar como aconteceu. Você somente irá me dizer tudo o que me possa ser útil!... Você percebeu alguma coisa... ouviu algo dessas pessoas? Como o sequestro foi feito?

Ela respondeu imediatamente:

– De carro... escutei quando falavam.

– E que estrada pegaram?

– Ah! Isso eu não sei.

– Trocaram diante de você qualquer palavra que possa nos ajudar?

– Nenhuma... mas teve um que disse: "Não haverá tempo a perder... é amanhã, às 8 horas da manhã, que o chefe deve nos telefonar lá..."
– Lá onde?... Lembre-se... era um nome de cidade, não é?
– Sim... um nome... como château...
– Châteaubriant?... Château-Thierry?
– Não... não...
– Châteauroux?
– É isso... Châteauroux...
– Beautrelet não havia sequer esperado que ela pronunciasse a última sílaba. Já estava em pé e, sem se preocupar com Froberval, sem nem se preocupar mais com a pequena, que o olhava com estupefação, abriu a porta e correu para a estação.
– Châteauroux... Senhora... um bilhete para Châteauroux...
– Por Le Mans e Tours? – perguntou a bilheteira.
– Claro... pelo trajeto mais curto... Chegarei para almoçar?
– Ah!, não...
– Para jantar? Para dormir?...
– Ah, não, para isso seria necessário passar por Paris... O expresso de Paris é às 8 horas... É tarde demais.

Não era tarde demais. Beautrelet ainda conseguiu pegá-lo.
– Bem, disse Beautrelet, esfregando as mãos, passei apenas uma hora em Cherbourg, mas ela foi bem aproveitada. Nem por um instante ele teve a ideia de acusar Charlotte de mentir. Fracas, desamparadas, capazes das piores traições, essas pequenas naturezas obedecem igualmente aos ímpetos de sinceridade, e Beautrelet vira, em seus olhos assustados, a vergonha do mal que ela havia feito, e a alegria de repará-lo em parte. Não duvidava nada que Châteauroux fosse aquela outra cidade a qual Lupin havia feito alusão e onde seus cúmplices deveriam lhe telefonar.

A Agulha Oca

Desde de sua chegada a Paris, Beautrelet tomou todas as precauções necessárias para não ser seguido. Ele sentia que o momento era grave. Caminhava na estrada certa que o levaria a seu pai; uma imprudência poderia pôr tudo a perder.

Foi à casa de um de seus colegas do Liceu e saiu de lá uma hora mais tarde, irreconhecível. Era um inglês de uns 30 anos vestido com um terno marrom quadriculado, calça curta, meias de lã, boné de viagem, uma figura colorida com uma pequena barba ruiva.

Subiu em uma bicicleta, a qual estava amarrada uma parafernália de pintura e saiu em direção à estação de Austerlitz.

Á noite, dormiu em Issoudun. No dia seguinte, bem cedo, subiu na bicicleta. Às 7 horas, apresentava-se na agência de correio de Châteauroux e pedia comunicação com Paris. Obrigado por esperar, começou a conversar com o funcionário, que contou que, na antevéspera, na mesma hora, um indivíduo com roupa de automobilista havia também pedido comunicação com Paris.

Era a prova. Ele não esperou mais.

À tarde, ele já sabia, através de testemunhos incontestáveis, que uma limusine, seguindo pela estrada de Tours, havia atravessado a vila de Buzançais, depois a cidade de Châteauroux e parado além da cidade, no limiar da floresta. Por volta das 10 horas, um cabriolé, conduzido por um indivíduo, havia estacionado perto da limusine, depois se afastado em direção ao sul pelo vale de Bouzanne. Naquele momento, outra pessoa se encontrava ao lado do motorista. Quanto ao automóvel, pegando o caminho oposto, havia ido em direção Norte, por Issoudun.

Isidore descobriu facilmente o proprietário do cabriolé. Mas esse proprietário não pôde dizer nada. Havia alugado seu carro e seu cavalo para um indivíduo que os devolvera pessoalmente no dia seguinte.

Enfim, na mesma tarde, Isidore constatou que o automóvel havia apenas atravessado Issoudun, continuando seu caminho até Orléans, ou seja, até Paris.

De tudo isso se concluía, da maneira mais absoluta, que Beautrelet pai estava nos arredores. Senão, como admitir que essas pessoas percorressem quase quinhentos quilômetros pela França para vir telefonar em Châteauroux e, em seguida, voltassem, em ângulo agudo, pela estrada para Paris?

Esse estranho trajeto tinha um objetivo bem preciso: transportar pai Beautrelet ao lugar que lhe era destinado. "E esse lugar está ao alcance de minha mão", dizia Isidore, estremecendo de esperança. "A dez quilômetros, a quinze quilômetros daqui, meu pai espera que eu o socorra. Ele está aqui. Ele respira o mesmo ar que eu."

Imediatamente, colocou-se em ação. Pegando um mapa militar, dividiu-o em quadradinhos, que visitou um por um, entrando nas fazendas, conversando com os camponeses, professores, prefeitos, padres e mulheres. Parecia-lhe que iria sem demora chegar ao objetivo e a seus sonhos, e, ampliando-os, não era mais apenas seu pai que ele esperava libertar, mas todos os que Lupin mantinha prisioneiros, Raymonde de Saint-Véran, Ganimard, Herlock Sholmes, talvez, e outros, muitos outros. E, chegando até eles, chegaria ao mesmo tempo no coração da fortaleza de Lupin, em seu covil, em seu esconderijo impenetrável, onde ele empilhava os tesouros que havia roubado ao universo.

Mas, depois de quinze dias de buscas infrutíferas, seu entusiasmo acabou por esfriar e, rapidamente, ele perdeu a confiança. Com o sucesso demorando a se desenhar, quase de um dia para o outro, começou a julgá-lo impossível, e, mesmo que continuasse seguindo seu plano de investigações, teria experimentado uma verdadeira surpresa se seus esforços tivessem levado a menor das descobertas.

Os dias se passavam, ainda monótonos e desencorajadores. Soube pelos jornais que o conde de Gesvres e sua filha haviam deixado Ambrumésy e se instalado nos arredores de Nice. Soube também da soltura do sr. Harlington, cuja inocência saltava aos olhos, conforme as declarações de Arsène Lupin.

Mudou seu quartel general, estabelecendo-se dois dias em La Châtre, dois dias em Argenton. Mesmo resultado.

Nesse momento, esteve a ponto de abandonar a partida. Evidentemente, o cabriolé que havia levado seu pai só tinha servido a uma etapa, a qual outra etapa, servida por outro carro, havia sucedido. E seu pai estava longe. Ele pensou em partir.

Ora, em uma segunda-feira de manhã, avistou, em um envelope não franqueado que lhe mandavam de Paris, uma caligrafia que o perturbou. Sua emoção foi tamanha que durante alguns minutos não ousou abri-lo, por medo de uma decepção. Sua mão tremia. Seria possível? Não haveria ali uma armadilha que lhe armava seu infernal inimigo? Abriu-o de uma vez. Era mesmo a caligrafia de seu pai, escrita de próprio punho. A escrita apresentava todas as particularidades, todas as manias da escrita que ele conhecia tão bem. Leu:

"Essas palavras lhe chegarão, meu querido filho? Não ouso acreditar.

Durante toda a noite do sequestro viajamos de automóvel, depois, de manhã, de carro. Não pude ver nada. Tinha uma venda nos olhos. O castelo onde me detêm deve ser, a julgar por sua construção e pela vegetação do parque, no centro da França. O quarto que eu ocupo fica no segundo andar, um quarto de duas janelas, uma das quais, quase coberta por uma cortina de glicínias. À tarde estou livre, por algumas horas, para ir e vir pelo parque, mas sob uma vigilância que não me deixa. Em todo caso, escrevo-lhe esta carta e amarro-a a uma pedra. Talvez um dia possa jogá-la por cima do muro e algum camponês a apanhará. Não se preocupe. Tratam-me com muita gentileza.

Teu velho pai que te ama e que está triste em pensar na preocupação que te dá.

Beautrelet."

Imediatamente Isidore olhou os selos de correio. Traziam *Cuzion (Indre)*. Indre! Era esse o departamento que ele se esforçava para encontrar havia semanas!

Consultou um pequeno guia de bolso que trazia sempre consigo. *Cuzion*, município de *Eguzon*... Havia passado por lá também. Por prudência, descartou seu disfarce de inglês, que começava a ficar conhecido na região, disfarçou-se de operário e foi para Cuzion, vila pouco importante, onde lhe foi fácil descobrir o expedidor da carta.

Imediatamente, aliás, a sorte lhe sorriu.

– Uma carta colocada no correio na quarta-feira passada? – perguntou o prefeito, bravo burguês ao qual pediu ajuda e que se colocou à sua disposição... – Escute, acho que posso fornecer-lhe uma informação preciosa... Sábado pela manhã, um velho amolador, que faz todas as feiras do departamento, *seu* Charel, que encontrei no final da aldeia, me perguntou: "Senhor prefeito, uma carta que não está carimbada parte mesmo assim? – Claro! – E chega ao seu destino? – Sim, somente há uma taxa suplementar a ser paga, é tudo."

– E onde mora o *seu* Charel?

– Mora ali, sozinho... na encosta... no casebre depois do cemitério... Quer que o acompanhe?

Era um casebre isolado, no meio de um pomar rodeado de altas árvores. Quando penetraram, três pegas voaram do mesmo lugar de onde o cão de guarda estava amarrado. O cachorro não se mexeu e nem latiu quando se aproximaram.

Muito espantado, Beautrelet avançou. O animal estava deitado sobre o flanco, as patas estendidas, morto.

Correram a toda velocidade para a casa. A porta estava aberta. Entraram. Ao fundo de uma sala úmida e baixa, sobre um velho colchão jogado no chão, um homem estava deitado, todo vestido.

– *Seu* Charel! – gritou o prefeito... – Ele está morto também?

As mãos do homem estavam frias, seu rosto de uma palidez assustadora, mas o coração ainda batia, em um ritmo fraco e lento, e ele não parecia ter nenhum ferimento.

Tentaram reanimá-lo e, como não conseguiram, Beautrelet foi procurar um médico. O médico também não teve sucesso. O bom homem não parecia estar sofrendo. Diria-se que ele dormia simplesmente, mas de um sono artificial, como se o tivessem adormecido por hipnose ou com a ajuda de um narcótico. No meio da noite seguinte, no entanto, Isidore, que o velava, percebeu que sua respiração se tornava mais forte e que todo o seu ser parecia se desprender dos laços invisíveis que o paralisavam.

Ao amanhecer, ele acordou e retomou sua rotina normal, comeu, bebeu e se mexeu. Mas durante o dia todo não pôde responder às perguntas do jovem, o cérebro estava como que embotado por um inexplicável torpor.

No dia seguinte, ele perguntou a Beautrelet:

– O que o senhor está fazendo aí?

Era a primeira vez que se dava conta da presença de um estranho ao pé de si.

Aos poucos, dessa forma, recuperou toda a sua consciência. Falou. Fez planos. Mas, quando Beautrelet interrogou-o sobre os acontecimentos que haviam precedido seu sono, ele pareceu não compreender.

E realmente, Beautrelet sentia que ele não compreendia. Ele havia esquecido do que se havia passado desde a sexta-feira precedente. Era como um abismo aberto no fluxo ordinário de sua vida. Ele contava sobre sua manhã e sua tarde de sexta-feira, as negociações feitas na feira, a refeição que havia feito no albergue. Depois... depois nada... Acreditava estar acordando no dia seguinte àquele dia.

Foi horrível para Beautrelet. A verdade estava lá, nesses olhos que haviam visto os muros do parque atrás do qual seu pai o esperava, nessas mãos que haviam recolhido a carta, nesse cérebro confuso que havia registrado o lugar daquela cena, o cenário, o pequeno recanto do mundo onde se desenrolava o drama. E dessas mãos, desses olhos, desse cérebro, ele não podia extrair o mais leve eco dessa verdade tão próxima!

Oh!, aquele obstáculo impalpável e formidável contra o qual se chocavam seus esforços, esse obstáculo feito de silêncio e de esquecimento, como carregava a marca de Lupin! Somente ele teria podido ter conhecimento de que um sinal havia sido tentado pelo pai de Beautrelet, somente ele poderia ter atingido com uma morte parcial aquela única testemunha que poderia atrapalhá-lo. Não que Beautrelet se sentisse descoberto e que pensasse que Lupin, ciente de seu ataque furtivo, e sabendo que uma carta lhe havia chegado, teria se defendido contra ele pessoalmente. Mas, quanta clarividência e real inteligência foi necessária para suprimir a possível acusação desse transeunte! Ninguém mais sabia agora que havia, entre os muros de um parque, um prisioneiro que pedia por socorro. Ninguém? Sim, Beautrelet. O *seu* Charel não podia falar? Que seja. Mas podia-se saber ao menos a feira onde o bom homem havia estado e o caminho lógico que havia tomado para voltar de lá. E, ao longo dessa estrada, seria possível, enfim, talvez encontrar...

Isidore, que, aliás, não havia frequentado o casebre de *seu* Charel senão com as maiores precauções, e de maneira a não chamar a atenção, decidiu não voltar mais lá. Informando-se, soube que sexta-feira era o dia de mercado em Fresselines, grande vila situada a alguns quilômetros, onde se podia chegar tanto pela estrada grande, bem sinuosa, quanto pelos atalhos.

Na sexta-feira, escolheu ir até lá pela estrada grande e nada viu que chamasse sua atenção, nenhuma muralha alta, nenhuma silhueta de castelo antigo. Almoçou em um albergue de Fresselines e se dispunha a partir quando viu chegar *seu* Charel, que atravessava o lugar empurrando seu carrinho de amolador. Seguiu-o imediatamente, bem de longe.

O bom homem fez duas longas paradas, durante as quais amolou dezenas de facas. Por fim, foi-se por um caminho completamente diferente, que levava a Crozant e à vila de Eguzon.

Beautrelet meteu-se atrás dele nesse caminho. Mas não havia andado por cinco minutos quando teve a impressão de não ser o único a seguir o homem. Um indivíduo caminhava entre eles, parando e voltando a andar ao mesmo tempo que *seu* Charel, sem, aliás, tomar muito cuidado para não ser visto.

"Vigiam-no", pensou Beautrelet, "talvez queiram saber se ele parará diante dos muros..."

Seu coração batia acelerado. O acontecimento se aproximava. Todos os três, um atrás do outro, subiram e desceram as encostas íngremes da terra e chegaram a Crozant. Lá, *seu* Charel fez uma parada de uma hora. Depois, desceu até o rio e atravessou a ponte. Mas, então, houve um acontecimento que surpreendeu Beautrelet. O indivíduo não atravessou o rio. Olhou Charel se afastar e, quando o perdeu de vista, pegou um caminho que o conduzia a campo aberto. O que fazer? Beautrelet hesitou por alguns segundos, depois, bruscamente, se decidiu. Passou a seguir o indivíduo.

"Ele constatou", pensou, "que *seu* Charel passou reto. Está tranquilo e vai embora. Para onde? Para o castelo?"

Chegara ao cerne. Sentia-o com uma espécie de alegria dolorosa que o elevava.

O homem entrou em um bosque obscuro que dominava o rio, depois apareceu novamente em plena claridade, no horizonte do caminho. Quando Beautrelet, por sua vez, saiu do bosque, ficou muito surpreso por não avistar mais o indivíduo. Procurava-o com os olhos quando subitamente sufocou um grito e, saltando para trás, retomou a linha de árvores que acabara de deixar. À sua direita, tinha visto uma muralha de paredes altas, que ladeavam a distâncias iguais, os contrafortes maciços.

Era lá! Era lá! Aqueles muros aprisionavam seu pai! Havia encontrado o lugar secreto onde Lupin escondia suas vítimas!

Não ousou mais afastar-se do abrigo que lhe ofereciam as folhagens espessas do bosque. Lentamente, quase de bruços, dirigiu-se para a direita, e assim chegou ao cume de um montículo que atingia o topo das árvores vizinhas. As muralhas eram ainda mais altas. No entanto, pôde discernir o telhado do castelo que elas cingiam, um antigo telhado à Luís XIII encimado por torres muito finas dispostas em círculo e, no meio, uma flecha mais aguda e mais alta.

Nesse dia, Beautrelet não fez mais nada. Tinha necessidade de pensar e de preparar seu plano de ataque sem nada deixar ao acaso. Mestre de Lupin, agora era sua vez de escolher a hora e o modo de combate. Ele se foi.

Perto da ponte, cruzou dois camponeses que levavam baldes cheios de leite. Perguntou-lhes:

– Como se chama o castelo que fica ali atrás das árvores?

– Este, senhor, é o castelo da Agulha.

Ele havia perguntado sem dar muita importância. A resposta o perturbou.

– O castelo da Agulha... Ah!... Mas onde estamos aqui? No departamento de Indre?

– Por Deus, não, Indre está do outro lado do rio... Aqui estamos no departamento de Creuse...

Isidore estava deslumbrado. O castelo da Agulha! O departamento de Creuse[11]! A Agulha Oca! A própria chave do documento! A vitória garantida, definitiva, total...

Sem mais uma palavra, ele virou as costas às duas mulheres e foi-se embora cambaleando, como um homem bêbado.

---

11. *"Creuse"* significa *"oca"* em francês (N. do T.)

6

Um segredo histórico

A RESOLUÇÃO DE BEAUTRELET FOI IMEDIATA: ELE AGIRIA sozinho. Avisar a justiça seria perigoso demais. Além de só poder oferecer suposições, ele temia as burocracias da Justiça, suas prováveis indiscrições, toda uma investigação prévia, durante a qual Lupin, inevitavelmente avisado, teria a oportunidade de efetuar sua fuga de maneira organizada.

No dia seguinte, às 8 horas, maleta debaixo do braço, deixou o albergue que ocupava nos arredores de Cuzion, enfiou-se no primeiro matagal que encontrou, desfez-se de suas roupas de operário, voltou a ser o jovem pintor inglês que fora anteriormente e apresentou-se na casa do tabelião de Eguzon, a maior vila da região. Contou que aquela terra lhe agradava e que, se encontrasse uma moradia conveniente, se instalaria ali de bom grado com seus pais. O tabelião indicou várias propriedades. Beautrelet insinuou que haviam lhe falado sobre o castelo da Agulha, ao norte de Creuse.

– De fato, mas o castelo da Agulha, que pertence a um de meus clientes há cinco anos, não está à venda.

– Ele o habita, então?

– Ele o habitava, ou melhor, sua mãe. Mas ela, achando o castelo um pouco triste, não gostava de lá. De maneira que o deixaram no ano passado.

A Agulha Oca

– E ninguém mora lá?
– Sim, um italiano, para quem meu cliente o alugou para a temporada de verão, o barão Anfredi.
– Ah! O barão Anfredi, um homem ainda jovem, com um jeito bem ganancioso...
– Meu Deus, não sei de nada... Meu cliente tratou com ele diretamente. Não houve locação... uma simples carta...
– Mas o senhor conhece o barão?
– Não, ele nunca sai do castelo... De automóvel algumas vezes e durante a noite, parece. As provisões são feitas por uma velha cozinheira que não conversa com ninguém. Gente estranha...
– Seu cliente consentiria em vender o castelo?
– Não creio. É um castelo histórico, do mais puro estilo Luís XIII. Meu cliente tinha muito apego por ele e se não tiver mudado de ideia...
– O senhor pode me dar seu nome?
– Louis Valméras, rua do Mont-Thabor, 34.

Beautrelet pegou o trem de Paris para a estação mais próxima. No dia seguinte, depois de três visitas infrutíferas, encontrou, enfim, Louis Valméras. Era um homem de uns 30 anos, de rosto aberto e simpático. Beautrelet, achando inútil fazer rodeios, claramente se apresentou e contou seus esforços e o objetivo de seu passeio.

– Tenho todos os motivos para pensar, concluiu, que meu pai esteja aprisionado no castelo da Agulha, em companhia, sem dúvida, de outras vítimas. E venho perguntar-lhe o que o senhor sabe a respeito de seu locatário, o barão Anfredi.

– Não grande coisa. Encontrei o barão Anfredi no último inverno em Monte Carlo. Tendo sabido, por acaso, que eu era o proprietário de um castelo, como ele desejava passar o verão na França, ofereceu-se para locá-lo.

– É um homem ainda jovem...
– Sim, com olhos muito enérgicos e de cabelos louros.
– De barba?
– Sim, terminada em duas pontas, que caem sobre um colarinho falso, que fecha por trás. Como um colarinho de um clérigo. Aliás ele parece um pouco um padre inglês.
– É ele – murmurou Beautrelet –, é ele tal como o vi, é sua descrição exata.
– Como!... O senhor acredita?...
– Acredito, tenho certeza, que seu locatário não é outro senão Arsène Lupin.

A história divertiu Louis Valméras. Ele conhecia todas as aventuras de Lupin e as peripécias de sua luta com Beautrelet. Esfregou as mãos.

– Vamos, o castelo da Agulha vai se tornar famoso... o que não vai me desagradar, pois, no fundo, desde que minha mãe não mora mais nele, sempre tive a ideia de me desfazer na primeira ocasião. Depois disso, acharei comprador. Somente...
– Somente?
– Pedirei só para agir com extrema prudência e de só prevenir a polícia quando tiver toda a certeza. Já pensou se meu inquilino não for Lupin?

Beautrelet expôs seu plano. Ele iria sozinho, à noite, atravessaria os muros, se esconderia no parque...

Louis Valméras interrompeu-o imediatamente.

– O senhor não atravessará tão facilmente os muros dessa altura. Se o senhor conseguir, será acolhido por dois enormes mastins que pertencem a minha mãe e que deixei no castelo.
– Bah! Uma bolinha...
– Agradeço-lhe! Mas suponhamos que o senhor lhes escape. E depois? Como o senhor entrará no castelo? As portas

são maciças, e as janelas têm grades. E além disso, uma vez lá dentro, quem o guiará? Ele tem oitenta quartos.

– Sim, mas este quarto de duas janelas no segundo andar?...

– Eu sei qual é, nós o chamamos de quarto das Glicínias. Mas como o senhor o encontrará? Há três escadarias e um labirinto de corredores. Posso lhe dar as indicações, explicar-lhe o caminho a seguir, e mesmo assim o senhor se perderá.

– Venha comigo – disse Beautrelet, rindo.

– Impossível. Prometi a minha mãe encontrá-la ao meio-dia.

Beautrelet voltou à casa do amigo, onde estava hospedado e começou seus preparativos. Mas, próximo ao final do dia, quando se preparava para partir, recebeu a visita de Valméras.

– Ainda me quer consigo?

– Se eu quero!

– Está bem! Eu o acompanho. Sim, a expedição me tenta. Creio que não será aborrecido e é divertida a ideia de estar metido em tudo isso... E depois, minha ajuda não lhe será inútil. Tome, aqui está, já um começo de colaboração.

Mostrou-lhe uma grande chave toda nodosa de ferrugem e de aspecto venerável.

– E esta chave abre?... – perguntou Beautrelet.

– Um pequeno portão escondido entre dois contrafortes, abandonado há séculos e que não achei que deveria mostrar a meu inquilino. Ele dá para o campo, precisamente no limiar do bosque...

Beautrelet interrompeu-o bruscamente.

– Eles conhecem, essa saída. Foi evidentemente por lá que o indivíduo que eu seguia penetrou no parque. Vamos, a partida é bela e nós a ganharemos. Mas, droga, é necessário sermos sigilosos!

...Dois dias depois, no passo de um cavalo faminto, chegava a Crozant uma carroça de ciganos que o condutor obteve autorização de armazenar no final da vila, em um antigo galpão deserto. Além do condutor, que não era outro senão Valméras, havia três jovens ocupados em trançar poltronas com fios de vime: Beautrelet e dois de seus camaradas de Janson.

Permaneceram lá por três dias, esperando por uma noite propícia e espreitando isoladamente em torno do parque. Uma vez, Beautrelet avistou a portinha. Situada entre dois contrafortes, ela quase se confundia, com o véu de amoreiras que a escondia, com o desenho formado pelas pedras da muralha. Enfim, na quarta noite, o céu se cobriu de grandes nuvens pretas e Valméras decidiu que iriam em reconhecimento, mesmo que isso significasse voltar para trás se as circunstâncias não fossem favoráveis.

Os quatro atravessaram o pequeno bosque. Depois Beautrelet rastejou por entre as urzes, coçou as mãos na sebe de amoreiras e, meio que se erguendo, lentamente, com gestos contidos, introduziu a chave na fechadura. Suavemente, girou-a. A porta se abriria sob seus esforços? Um ferrolho não a fecharia do outro lado? Ele empurrou, e a porta se abriu sem um rangido, sem uma sacudida. Estava no parque.

– Você está aí, Beautrelet? – perguntou Valméras – Espere por mim. Vocês dois, meus amigos, vigiem a porta para que nossa retirada não seja interrompida. Ao menor sinal de alerta, um assobio. Pegou a mão de Beautrelet e enfiaram-se na sombra espessa dos matagais. Um espaço mais claro se ofereceu a eles quando chegaram à beira do gramado central. No mesmo instante, um raio de lua infiltrou-se, e avistaram o castelo com suas torres de sino pontudas dispostas em volta da flecha estreita, a qual, sem dúvida, ele devia seu nome. Nenhuma luz nas janelas. Nenhum barulho. Valméras agarrou o braço de seu companheiro.

– Cale-se.
– O quê?
– Os cães estão lá... veja...
Um grunhido se fez ouvir. Valméras assobiou baixinho. Duas silhuetas brancas saltaram e em quatro pulos vieram para os pés do dono.
– Calma, crianças... deitem... bom... não se mexam mais...
E disse a Beautrelet:
– E agora andemos, estou tranquilo.
– O senhor tem certeza do caminho?
– Sim. Estamos nos aproximando do terraço.
– E então?
– Lembro-me que há, à esquerda, em um lugar onde o terraço, que domina o rio, se ergue na altura das janelas do andar térreo, uma veneziana que fecha mal e que se pode abrir pelo exterior.

De fato, quando chegaram lá e forçaram, a veneziana cedeu. Com uma ponta de diamante, Valméras cortou um quadrado. Girou a tranca. Um atrás do outro saltaram pela varanda. Desta vez, estavam dentro do castelo.

– A sala em que estamos – disse Valméras –, fica no final do corredor. Depois há um imenso vestíbulo enfeitado de estátuas e, na extremidade do vestíbulo, uma escada que leva ao quarto ocupado por seu pai.

Avançou um passo.
– Você vem, Beautrelet?
– Sim. Sim.
– Mas não, você não vem... O que você tem?
Agarrou-lhe a mão. Ela estava gelada e ele percebeu que o jovem estava como que pregado ao solo.
– O que você tem? – repetiu.

– Nada... vai passar.
– Mas, enfim...
– Estou com medo...
– Está com medo!
– Sim. – confessou Beautrelet ingenuamente – São meus nervos que cedem... na maior parte das vezes consigo dominá-los... mas, hoje, o silêncio... a emoção... E depois, desde a facada do escrivão... Mas vai passar... veja, isso passa...

Conseguiu, de fato, se levantar, e Valméras levou-o para fora do quarto. Seguiram aos tatos por um corredor, e tão suavemente que um não percebia a presença do outro. Um fraco luar, no entanto, parecia clarear o vestíbulo para o qual se dirigiam. Valméras colocou a cabeça. Era uma luz noturna colocada na parte inferior da escada, sobre uma mesa de pedestal, que podia ser vista através dos frágeis ramos de uma palmeira.

– Alto! – sussurrou Valméras.

Perto da luz noturna havia um homem montando guarda, em pé e que segurava um fuzil. Ele os teria visto? Talvez. Ao menos alguma coisa deveria tê-lo inquietado, pois ele colocou a arma no ombro.

Beautrelet caiu de joelhos contra a caixa de um arbusto e não se mexeu mais, o coração como que solto em seu peito. No entanto, o silêncio e a imobilidade das coisas tranquilizaram o homem de guarda. Ele abaixou o fuzil. Mas a cabeça continuou voltada para a caixa do arbusto.

Minutos apavorantes se passaram, dez, quinze. Um raio de luar deslizou pela janela da escadaria. E subitamente Beautrelet percebeu que o raio se deslocava insensivelmente e que antes de mais quinze, mais dez minutos, incidiria sobre ele, iluminando-o a face. Gotas de suor caíam de seu rosto sobre as mãos trêmulas.

A Agulha Oca

Sua angústia foi tal que esteve a ponto de se levantar e fugir. Mas, lembrando-se que Valméras estava lá, procurou-o com os olhos e ficou estupefato de vê-lo, ou melhor, de adivinhá-lo deslizando pelas trevas ao abrigo dos arbustos e das estátuas. Já atingia o pé da escada, a alguns passos do homem. O que iria fazer? Passar mesmo assim? Subir sozinho para libertar o prisioneiro? Mas poderia passar? Beautrelet não o avistava mais e tinha a impressão de que qualquer coisa iria acontecer, algo que o silêncio, mais pesado, mais terrível, parecia pressentir também.

E bruscamente uma sombra que pulava sobre o homem, a luz que se apagava o barulho de uma luta... Beautrelet correu. Os dois corpos tinham rolado sobre a laje. Ele quis se debruçar. Mas ouviu um gemido rouco, um suspiro, e logo um dos adversários se levantou e agarrou-lhe o braço.

– Rápido... Vamos!

Era Valméras.

Subiram dois andares e foram dar na entrada de um corredor que um tapete cobria.

– À direita... – sussurrou Valméras – ...quarto aposento à esquerda.

Logo acharam a porta do quarto. Como já esperavam, o cativo estava trancado à chave. Foi preciso uma meia hora, meia hora de esforços sufocados, de tentativas de mudo esforço para forçar a fechadura. Enfim, entraram. Tateando, Beautrelet descobriu o leito. Seu pai dormia. Acordou-o suavemente.

– Sou eu, Isidore... e um amigo... Não tema nada... levante-se... nem uma palavra...

O pai se vestiu, mas, quando iam sair, disse-lhes, em voz baixa:

– Eu não sou o único no castelo...

– Ah! Quem? Ganimard? Sholmes?
– Não... ao menos eu não os vi.
– Então?
– Uma jovem.
– A srta. de Saint-Véran, sem nenhuma dúvida?
– Não sei... avistei-a de longe várias vezes no parque... e depois, debruçando-me em minha janela, eu vejo a sua... Ela me fez sinais.
– Você sabe onde fica esse quarto?
– Sim, neste mesmo corredor, terceiro à direita.
– O quarto azul – murmurou Valméras. – É uma porta de folha dupla, teremos menos dificuldades. Muito rapidamente, um dos batentes cedeu. Foi Beautrelet pai quem se encarregou de prevenir a moça.

Dez minutos mais tarde, saía do quarto com ela e dizia a seu filho:

– Você tinha razão... é a srta. de Saint-Véran.

Desceram todos os quatro. Ao pé da escada, Valméras parou e se inclinou sobre o homem, depois continuou em direção ao quarto do terraço:

– Ele não morreu, irá sobreviver.
– Ah! – disse Beautrelet aliviado.
– Por sorte, a lâmina da minha faca se dobrou... o golpe não foi mortal. E depois, esses malandros não merecem piedade.

Do lado de fora, foram acolhidos pelos dois cachorros que os acompanharam até o portãozinho. Lá, Beautrelet reencontrou seus dois amigos. A pequena tropa saiu do parque. Eram 3 horas da manhã.

Essa primeira vitória não podia ser suficiente para Beautrelet. Assim que instalou seu pai e a jovem, interrogou-os sobre as pessoas que moravam no castelo e, em particular, sobre os hábitos de Arsène Lupin. Soube assim que Lupin só vinha a cada três ou quatro dias, chegando à noite, de automóvel, e partindo novamente de manhã. A cada uma de suas viagens, visitava os dois prisioneiros, e ambos concordavam em elogiar seus cuidados e sua extrema amabilidade. Por ora, ele não devia se encontrar no castelo.

Fora ele, nunca haviam visto mais ninguém, a não ser uma velha senhora, que cuidava da cozinha e da limpeza, e dois homens, que os vigiavam, um de cada vez, e que absolutamente não falavam, dois subalternos evidentemente, a julgar por suas maneiras e suas fisionomias.

– Dois cúmplices da mesma forma – concluiu Beautrelet –, ou até três, com a velha senhora. É um jogo que não se deve desdenhar. E se nós não perdermos tempo...

Ele saltou sobre a bicicleta e correu até a vila de Eguzon, acordou a guarda, colocou todos em movimento, fez soar os trompetes e voltou para Crozant às 8 horas, seguido do brigadeiro e de seis soldados.

Dois desses homens ficaram de guarda perto da carroça. Dois outros ficaram diante do portãozinho. Os quatro últimos, comandados pelo chefe e acompanhados por Beautrelet e por Valméras, dirigiram-se à entrada principal do castelo. Tarde demais. A porta estava totalmente aberta. Um camponês disse-lhes que, uma hora antes, havia visto um automóvel deixar o castelo.

De fato, a busca não deu nenhum resultado. Provavelmente o bando teria se instalado em um acampamento móvel. Encontraram algumas roupas, um pouco de linho, utensílios de limpeza, e foi tudo.

O que mais espantou Beautrelet e Valméras, foi o desaparecimento do ferido. Não puderam encontrar o menor sinal de luta, nem mesmo uma gota de sangue sobre as lajes do vestíbulo.

Maurice Leblanc

Somando tudo, nenhum testemunho material poderia provar a passagem de Lupin pelo castelo da Agulha, e teriam tido o direito de recusar as declarações de Beautrelet, de seu pai, de Valméras e da srta. de Saint-Véran, se não tivessem terminado por descobrir, em um quarto contíguo daquele que a jovem ocupava, uma meia dúzia de buquês admiráveis, aos quais estava alfinetado o cartão de Arsène Lupin. Buquês desdenhados por ela, murchos, esquecidos... Um deles, além do cartão, trazia uma carta que Raymonde não tinha visto. À tarde, quando essa carta foi aberta pelo juiz, encontraram dez páginas de orações, súplicas, promessas, ameaças de desespero, toda a loucura de um amor que conhecera apenas o desprezo e a repulsa. E a carta terminava assim:

"Eu virei na terça à noite, Raymonde. Até lá, reflita. Por mim, estou resolvido a tudo."

Terça-feira à noite era o próprio dia em que Beautrelet libertara a srta. de Saint-Véran.

Todos se lembram da formidável explosão de surpresa e de entusiasmo que arrebentou no mundo inteiro com a novidade desse desfecho imprevisto: a srta. de Saint-Véran livre! A jovem que Lupin cobiçava, pela qual havia arquitetado suas mais maquiavélicas combinações, arrancada às suas garras! Livre também o pai de Beautrelet, aquele que Lupin, em seu desejo exagerado de um armistício de que necessitava as exigências de sua paixão, havia escolhido como refém. Livres todos os dois, os dois prisioneiros!

E o segredo da Agulha, que se havia acreditado impenetrável, conhecido, publicado, anunciado aos quatro cantos do universo! Realmente, a plateia se divertiu. Musicaram o aventureiro vencido. "Os amores de Lupin", "Os soluços de Arsène!...", "O ladrão apaixonado", "O lamento do batedor de carteiras!" Gritava-se isso nos bulevares, cantarolava-se isso nas oficinas.

Pressionada por perguntas, perseguida pelos repórteres, Raymonde respondia com a mais extrema reserva. Mas a carta estava ali, os buquês de flores e toda a patética aventura! Lupin escarnecido, ridicularizado, despencou de seu pedestal. E Beautrelet tornou-se ídolo. Ele havia visto tudo, previsto tudo, elucidado tudo. O testemunho que a srta. de Saint-Véran deu para o juiz a respeito de seu sequestro confirmou a hipótese imaginada pelo jovem. Em todos os pontos, a realidade parecia se submeter ao que ele decretava de antemão. Lupin havia encontrado seu vencedor.

Beautrelet exigiu que seu pai, antes de voltar para suas montanhas na Savóia, passasse alguns meses repousando sob o sol e o conduziu pessoalmente, bem como a srta. de Saint--Véran, aos arredores de Nice, onde o conde de Gesvres e sua filha Suzanne já estavam instalados para passarem o inverno. No dia seguinte, Valméras levava sua mãe junto a seus novos amigos, e compuseram assim uma pequena comunidade, agrupada em volta da vila de Gesvres, e sobre a qual velavam noite e dia meia dúzia de homens empregados pelo conde.

No começo de outubro, Beautrelet, aluno de retórica, retomou seus estudos em Paris, para se preparar para os exames. E a vida recomeçou, calma desta vez, e sem incidentes. O que poderia se passar, aliás? A guerra não havia terminado?

Lupin devia ter, de seu lado, a sensação bem clara de que não havia mais nada para ele do que se resignar ao fato consumado, pois um belo dia suas duas outras vítimas, Ganimard e Herlock Sholmes, reapareceram. Sua volta ao mundo dos vivos careceu, de resto, de prestígio. Foi um sucateiro quem os encontrou no Quai des Orfèvres, diante da delegacia de polícia, ambos adormecidos e amarrados.

Depois de uma semana de completo aturdimento, conseguiram retomar a direção de suas ideias e contaram – ou melhor, Ganimard contou, pois Sholmes se fechou em um mutismo arisco – que haviam efetuado, a bordo do iate *A Andorinha*, uma viagem de circum-navegação na África, viagem encantadora, instrutiva, na qual podiam se considerar como em liberdade, salvo em certas horas que passavam no fundo do porão, enquanto a tripulação descia para os portos exóticos. Quanto ao seu desembarque no Quai des Orfèvres, não se lembravam de nada, adormecidos sem dúvida havia muitos dias.

Essa libertação era a confissão da derrota. E, não lutando mais, Lupin a proclamava sem restrição.

Um acontecimento, aliás, a tornou ainda mais gritante: o noivado de Louis Valméras e da srta. de Saint-Véran. Na intimidade que criaram entre eles nas condições atuais de suas existências, os dois jovens se apaixonaram um pelo outro. Valméras amou o encanto melancólico de Raymonde, e esta, ferida pela vida, ávida por proteção, submeteu-se à força e à energia daquele que havia contribuído tão valentemente para sua salvação.

Esperava-se pelo dia do casamento com certa ansiedade. Lupin não procuraria retomar a ofensiva? Aceitaria ele, de bom grado, a perda irremediável da mulher que amava? Duas ou três vezes viram flanar em torno da vila indivíduos de aspecto suspeito, e Valméras teve até mesmo de se defender, em uma noite, de um suposto bêbado, que atirou nele com uma pistola, atravessando seu chapéu com uma bala. Mas, em suma, a cerimônia se concluiu no dia e na hora marcados, e

A Agulha Oca

Raymonde de Saint-Véran tornou-se sra. Louis Valméras.

Era como se o próprio destino tivesse tomado partido por Beautrelet e referendado o boletim da vitória. A plateia sentia isso tão bem que esse foi o momento em que germinou, entre seus admiradores, a ideia de um grande banquete, onde se celebraria seu triunfo e o esmagamento de Lupin. Ideia maravilhosa e que suscitou entusiasmo. Em quinze dias, trezentas adesões foram reunidas. Ofereceram convites aos Liceus de Paris, dois alunos por classe de retórica. A imprensa entoou hinos. E o banquete foi o que não podia deixar de ser, uma apoteose.

Mas uma apoteose encantadora e simples, porque o herói dela era Beautrelet. Sua presença era o suficiente para colocar as coisas em seus devidos lugares. Ele se mostrou modesto como de costume, um pouco surpreso pelo excesso de "bravos", um pouco constrangido pelos elogios hiperbólicos, nos quais afirmavam sua superioridade sobre os mais ilustres policiais... um pouco constrangido, mas também muito comovido. Ele o disse em poucas palavras que agradaram a todos e com a perturbação de uma criança que cora ao ser olhada. Falou sobre sua alegria, falou sobre seu orgulho. E realmente, mesmo sendo tão razoável, tão dono de si, conheceu naqueles minutos uma embriaguez inesquecível. Sorria a seus amigos, a seus camaradas de Janson, a Valméras, vindo especialmente para aplaudi-lo, ao sr. de Gesvres, a seu pai. Ora, quando havia terminado de falar e tinha ainda seu copo em mãos, uma voz se fez ouvir na extremidade do salão, e viram alguém gesticulando e agitando um jornal. Restabelecido o silêncio, o importuno voltou a se sentar, mas um frêmito de curiosidade se propagou em volta da mesa, o jornal passava de mão em mão e, cada vez que um dos convivas pousava os olhos na página aberta, soltava exclamações.

– Leiam! Leiam! – gritavam do canto oposto.

Na mesa de honra, alguém se levantou. O pai Beautrelet foi buscar o jornal e estendeu-o a seu filho.

– Leia! Leia! – gritavam mais fortemente.

E outros proferiam:

– Escutem! Ele vai ler... escutem!

Beautrelet, em pé, diante do público, procurava com os olhos no jornal da noite que seu pai havia lhe dado, o artigo que suscitava tal alarido e subitamente, tendo avistado um título sublinhado em tinta azul, levantou a mão para pedir silêncio e leu com uma voz que a emoção alterava cada vez mais perante as revelações estupidificantes que reduziam a nada todos os seus esforços, perturbavam suas ideias sobre a Agulha Oca e marcavam a presunção de sua luta contra Arsène Lupin:

"Carta aberta do sr. Massiban, da Academia dos Registros e das Belas Letras.

Senhor Editor,

Em 17 de março de 1679 – isso mesmo, 1679, ou seja, sob o reinado de Luís XIV – um pequeno livrinho foi publicado em Paris com este título:

O MISTÉRIO DA AGULHA OCA
TODA A VERDADE CONTADA PELA PRIMEIRA VEZ.

CEM EXEMPLARES IMPRESSOS POR MIM MESMO
E PARA PROCEDIMENTO DO TRIBUNAL

Às 9 horas da manhã daquele 17 de março, o autor, um homem muito jovem e bem vestido, de quem se ignora o nome, entregou este livro na casa dos principais personagens da Corte. Às 10 horas, quando já havia efetuado quatro de suas entregas, foi detido pelo capitão da guarda, o qual levou-o até o gabinete do rei e partiu imediatamente à procura dos quatro exemplares já distribuídos. Quando os cem exemplares foram reunidos, contados, folheados com cuidado e verificados, o rei em pessoa jogou-os no fogo, salvo um, que conservou em suas mãos. Depois, encarregou o capitão da guarda de conduzir o autor do livro ao sr. de Saint-Mars, o qual colocou seu prisioneiro a bordo do Pignerol, e levou-o para a fortaleza da ilha Sainte-Marguerite. Esse homem, evidentemente, não era outro senão o famoso homem da Máscara de ferro[12].

Jamais a verdade teria sido conhecida, ou ao menos uma parte da verdade, se o capitão da guarda, que havia assistido à conversa, aproveitando-se de um momento em que o rei havia se voltado para o outro lado, não tivesse tido a tentação de tirar da chaminé, antes que o fogo o atingisse, um outro desses exemplares. Seis meses depois, esse capitão foi apanhado na grande estrada de Gaillon à Mantes. Seus assassinos o despojaram de todos os seus pertences, esquecendo-se, porém, no bolso direito, uma joia que foi descoberta em seguida, um diamante da mais bela água, de um valor considerável.

Em seus papéis, encontrou-se uma nota manuscrita. Ele não falava em absoluto do livro arrancado das chamas, mas dava um resumo de seus primeiros capítulos. Tratava-se de um segredo que foi conhecido pelos reis da Inglaterra, perdido por eles no momento em que a coroa do pobre louco Henrique VI passou para a cabeça do duque de York, devolvido ao rei da França Charles VII por Joana

---

12. Personagem histórico francês de identidade desconhecida, o que deu margem a muitas especulações. Foi mantido de 1669 até sua morte, em 1703, em diversas prisões, sempre com o rosto oculto por uma máscara. O escritor e filósofo Voltaire afirmava que ele era o irmão mais velho e ilegítimo de Luís XIV. Em seu romance "Os Três Mosqueteiros", Alexandre Dumas o transformou em irmão gêmeo do rei. (N. do T.)

d'Arc, e que se tornou segredo de Estado, tendo sido transmitido de soberano para soberano através de uma carta, a cada vez novamente lacrada e que se encontrava sempre no leito de morte do defunto com essa menção: 'Para o rei da França'. Este segredo dizia respeito à existência e determinava a localização de um tesouro formidável possuído pelos reis e que aumentava a cada século.

Mas cento e catorze anos mais tarde, Luís XVI, prisioneiro no Templo[13], chamou à parte um dos oficiais que estava encarregado de vigiar a família real e disse-lhe:

– Senhor, o senhor não teve, sob o reinado de meu avô, o grande rei, um ancestral que serviu como capitão da guarda?

– Sim, senhor.

– Bem, seria o senhor um homem... seria o senhor um homem...? Ele hesitou. O oficial terminou a frase.

– ...que não iria trai-lo? Oh! senhor...

– Então, escute-me.

O rei tirou do bolso um pequeno livro do qual arrancou uma das últimas páginas. Mas, mudando de ideia:

– Não, é melhor que eu copie...

Pegou uma grande folha de papel, que rasgou de maneira a guardar apenas um pequeno espaço retangular, sobre o qual copiou cinco linhas de pontos, linhas e números que a página impressa trazia. Depois, queimando-a, dobrou em quatro a folha manuscrita, lacrou-a com cera vermelha e deu-a.

– Senhor, depois de minha morte, o senhor entregará isto à rainha e lhe dirá: 'Da parte do rei, Madame... para Vossa Majestade e para seu filho...' Se ela não compreender...

– Se ela não compreender?...

---

13. A Prisão do Templo, demolida em 1808, serviu de cárcere à família real durante a Revolução Francesa (N. do T.)

– *O senhor acrescentará: Trata-se do segredo da Agulha. A rainha compreenderá.*

Tendo falado, ele jogou o livro entre as brasas que se avermelhavam na lareira.

No dia 21 de janeiro, Luís XVI subia ao cadafalso.

Foram necessários dois meses para que o oficial, depois da transferência da rainha para a Conciergerie[14], pudesse cumprir a missão da qual fora incumbido. Enfim, por meio de intrigas tortuosas, conseguiu um dia encontrar-se em presença de Maria Antonieta. Disse-lhe, de maneira que apenas ela pudesse escutá-lo:

– Da parte do falecido rei, Madame, para Vossa Majestade e seu filho.

E ofereceu-lhe a carta selada. Ela assegurou-se de que os guardas não pudessem vê-la, quebrou o lacre, pareceu surpresa à vista daquelas linhas indecifráveis, depois, de repente, pareceu compreender. Sorriu amargamente, e o oficial recebeu essas palavras:

– Por que tão tarde?

Ela hesitou. Onde esconder esse documento perigoso? Enfim, abriu seu livro de horas[15] e, em uma espécie de bolso secreto, localizado entre o couro da encadernação e o pergaminho que o cobria, deslizou a folha de papel.

– Por que tão tarde?... – ela havia dito.

É provável que esse documento, se tivesse podido lhe trazer a salvação, chegava tarde demais, pois, no mês de outubro seguinte, a rainha Maria Antonieta, por sua vez, subiu ao cadafalso.

---

14. A prisão de Conciergerie era considerada a antessala da morte durante a Revolução Francesa. A rainha Maria Antonieta, consorte de Luís XVI, foi aprisionada na Conciergerie em 1793 e dali saiu para a guilhotina. Desde 1914 é considerada monumento histórico e aberta à visitação, abrigando diversas exposições. (N. do T.)

15. Livro de devoção, que contém o calendário dos santos, orações e salmos. (N. do T.)

Ora, esse oficial, folheando os papéis de sua família, encontrou a nota manuscrita de seu bisavô, o capitão da guarda de Luís XIV. A partir daquele momento, ele só teve uma ideia fixa, a de consagrar seu tempo livre a elucidar esse estranho enigma. Leu todos os autores latinos, percorreu todas as crônicas da França e dos países vizinhos, entrou nos monastérios, decifrou livros de contas, cartulários, tratados, e pôde, assim, encontrar certas citações espalhadas através dos tempos.

No livro III dos Comentários de César sobre a guerra da Gália, é contado que após a derrota de Viridovix por Titulius Sabinus, o líder dos caletes foi levado diante de César e que, como resgate, revelou o segredo da Agulha...

O tratado de Saint-Clair-sur-Epte, entre Charles o Simples, e Roll, líder dos bárbaros do Norte, tem o nome de Roll seguido de todos os seus títulos, em meio aos quais pode-se ler 'detentor do segredo da Agulha'.

A crônica saxã (edição de Gibson, página 134) falando de Guilherme-de-grande-vigor (Guilherme o Conquistador), conta que o mastro do seu estandarte terminava em uma ponta afiada e perfurada por uma fenda, na forma de uma agulha...

Em uma frase bastante ambígua de seu interrogatório, Joana D'Arc confessa que ela ainda tinha algo secreto a dizer ao rei da França, a que seus juízes respondem: Sim, nós sabemos de que se trata, e é por isso, Joana, que você morrerá.

– Pela virtude da Agulha! – jura algumas vezes o bom rei Henrique IV.

Anteriormente, Francisco 1º, discursando sobre os notáveis do Havre em 1520, pronunciou esta frase que nos transmite o diário de um burguês de Honfleur:

"Os reis da França carregam segredos que regulam a conduta das coisas e o destino das cidades."

A Agulha Oca

Todas essas citações, senhor editor, todas as histórias que concernem ao Máscara de Ferro, o capitão da guarda e seu bisneto, encontrei-as hoje em uma brochura escrita exatamente por esse bisneto e publicada em junho de 1815, na véspera ou no dia seguinte de Waterloo, ou seja, em um período de perturbações, quando as revelações que ela continha devem ter passado despercebidas.

O que vale essa brochura? Nada, o senhor me dirá, e não devemos lhe dar nenhum crédito. Esta foi minha primeira impressão; mas qual não foi meu estupor, abrindo os Comentários de César no capítulo indicado, e descobrir ali a frase revelada pela brochura! Mesma constatação no que concerne ao tratado de Saint-Clair-sur--Epte, à crônica saxã, ao interrogatório de Joana d'Arc, em resumo, tudo o que me foi possível verificar até aqui.

Enfim, há um fato mais preciso ainda que relata o autor da brochura de 1815. Durante a campanha oficial da França de Napoleão, certa noite, tendo seu cavalo se cansado, ele bateu à porta de um castelo, onde foi recebido por um velho cavaleiro de Saint-Louis. E aprendeu, passo a passo, conversando com aquele ancião, que aquele castelo, situado nos limites de la Creuse, chamava-se castelo da Agulha, que havia sido construído e batizado por Luís XIV, e que, sob sua ordem expressa, havia sido ornado de campanários e de uma flecha que se parecia com uma agulha. Conforme a época em que estava, deveria ser de 1680.

1680! Um ano depois da publicação do livro e da prisão do Máscara de Ferro. Tudo se explicava: Luís XIV, prevendo que o segredo poderia se espalhar, batizou esse castelo para oferecer aos curiosos uma explicação natural para o antigo mistério. A Agulha Oca? Um castelo de campanários pontudos situado nos limites de la Creuse e que pertencia ao rei. Facilmente se acreditaria conhecer a chave do enigma e as investigações cessariam!

O cálculo era certeiro, pois, mais de dois séculos depois, o sr.

Beautrelet caiu na armadilha. E é por isso, senhor editor, que eu lhe escrevo esta carta. Se Lupin, sob o nome de Anfredi locou do sr. Valméras o castelo da Agulha, às margens de la Creuse, se ele trancou ali seus dois prisioneiros, foi porque admitia o sucesso das inevitáveis investigações do sr. Beautrelet, e, no intuito de obter a paz que havia pedido, armou precisamente para o sr. Beautrelet isso que chamamos de a 'armadilha histórica de Luís XIV'.

E por isso que somos levados aqui à conclusão irrefutável de que ele, Lupin, com a própria intuição, sem conhecer outros fatos do que aqueles que nós também conhecemos, chegou a, pelo sortilégio de um gênio verdadeiramente extraordinário, decifrar o indecifrável documento; é que Lupin, último herdeiro dos reis de França, conhece o mistério real da Agulha Oca."

Ali terminava o artigo. Mas já há alguns minutos, desde a passagem concernente ao castelo da Agulha, não era mais Beautrelet quem fazia a leitura. Compreendendo seu engano, esmagado sob o peso da humilhação que sofrera, ele havia deixado cair o jornal e desabou na cadeira, com o rosto enterrado nas mãos.

Ofegante e abalada pela emoção dessa inacreditável história, a multidão havia se aproximado pouco a pouco e agora se acotovelava em volta dele. Esperavam com uma angústia fremente as palavras que ele responderia, as objeções que ele levantaria.

Ele não se mexia.

Com um gesto suave, Valméras descruzou-lhe as mãos e levantou-lhe a cabeça.

Isidore Beautrelet chorava.

7

O Tratado da Agulha

Eram 4 horas da manhã. Isidore não voltou ao Liceu. Ele não retornaria antes do fim da guerra sem tréguas que havia declarado a Lupin. Isso, ele jurou para si mesmo, enquanto seus amigos o levavam de carro, desfalecido e ferido. Juramento insensato! Guerra absurda e ilógica! O que, ele, criança sozinha e desarmada, poderia fazer contra esse fenômeno de energia e poder? Por onde atacá-lo? Ele era inatacável. Onde feri-lo? Ele era invulnerável. Onde esperá-lo? Ele era inacessível.

Quatro horas da manhã... Isidore havia novamente aceitado a hospitalidade de seu camarada de Janson. De pé, diante da lareira de seu quarto, os cotovelos diretamente sobre o mármore, os dois punhos no queixo, ele olhava a imagem que lhe devolvia o espelho.

Não chorava mais, não queria chorar mais, nem se retorcer na cama, nem se desesperar, como havia feito há duas horas. Queria pensar, pensar e compreender.

E seus olhos não deixavam os olhos do espelho, como se esperasse dobrar a força de seu pensamento contemplando sua imagem pensativa e encontrar, no fundo daquele ser, a insolúvel solução que não encontrava em si mesmo. Até às 6 horas, permaneceu assim. E foi, pouco a pouco, que, separada de todos os detalhes que a complicavam e obscureciam, a questão se ofereceu ao seu espírito, seca, nua, com o rigor de uma equação.

Sim, ele se enganara. Sim, sua interpretação do documento era falsa. A palavra "agulha" não se referia ao castelo às margens de la Creuse. E, da mesma maneira, a palavra "senhoritas" não podia se aplicar a Raymonde de Saint-Véran e a sua prima, já que o texto do documento remontava há séculos.

Portanto, era preciso refazer tudo. Como?

Uma única base de documentação seria sólida: o livro publicado sob Luís XIV. Ora, dos cem exemplares impressos por aquele que deveria ser o Máscara de Ferro, somente dois haviam escapado às chamas. Um fora furtado pelo capitão da guarda e perdido. O outro fora conservado por Luís XIV, transmitido a Luís XV, e queimado por Luís XVI. Mas restava uma cópia da página principal, aquela que continha a solução do enigma ou ao menos a solução criptografada, aquela que havia sido levada a Maria Antonieta e deslizada por ela na contracapa do seu livro das horas.

O que havia acontecido com esse papel? Era ele que Beautrelet havia tido em suas mãos e que Lupin havia recuperado através do escrivão de Brédoux? Ou ele ainda se encontrava dentro do livro das horas de Maria Antonieta?

E a questão que voltava sempre era essa: "O que aconteceu com o livro das horas da rainha?"

Depois de ter repousado por algum tempo, Beautrelet interrogou o pai de seu amigo, colecionador emérito, chamado frequentemente como "expert" em título oficial e que, ainda recentemente, o diretor de um de nossos museus consultara para a composição de seu catálogo.

– O livro das horas de Maria Antonieta? exclamou ele, mas foi deixado pela rainha para sua criada de quarto, com a missão secreta de entregá-lo ao conde de Fersen[16]. Piedosamente conservado pela família do conde, encontra-se há cinco anos em uma vitrine.

– Em uma vitrine?
– Do museu Carnavalet, muito simplesmente.
– E este museu está aberto?...
– Daqui a vinte minutos.

No minuto preciso em que se abria a porta da antiga habitação de Madame de Sévigné[17], Isidore saltava do carro com seu amigo.

– Olá, sr. Beautrelet!

Dez vozes saudaram o recém-chegado. Para seu grande espanto, reconheceu toda a tropa de repórteres que seguiam "o Caso da Agulha Oca". E um deles disse:

– Engraçado, hein! Todos tivemos a mesma ideia. Atenção, talvez Arsène Lupin esteja entre nós!

Entraram juntos. O diretor, já anteriormente prevenido, colocou-se à sua inteira disposição, os levou diante da vitrine e mostrou-lhes um pobre volume sem o menor ornamento, e que certamente não tinha nada de real. Mesmo assim, um pouco de emoção os dominou à presença desse livro, que a rainha havia tocado em dias tão trágicos, que seus olhos vermelhos de lágrimas haviam olhado... E não ousavam tocá-lo e folheá-lo, como se tivessem a impressão de um sacrilégio...

– Vejamos, sr. Beautrelet, é uma tarefa que lhe cabe.

Ele pegou o livro num gesto ansioso. A descrição correspondia perfeitamente com a que o autor da brochura havia

---

16. Amigo íntimo e talvez amante de Maria Antonieta (N. do T.)

17. Madame de Sévigné foi uma marquesa e escritora francesa do século XVII. Sua residência, o Hôtel Carnavalet, tornou-se museu de arte em 1880 (N. do T.)

dado. Para começar, uma capa de pergaminho, pergaminho sujo, enegrecido, puído em algumas partes e, por baixo, a verdadeira encadernação, em couro rígido.

Com que estremecimento Beautrelet se colocou à procura do bolso escondido! Seria uma fábula? Ou encontraria ele ainda o documento escrito por Luís XVI, e legado pela rainha a seu amigo fervoroso?

Na primeira página, na parte superior do livro, nenhum esconderijo.

– Nada, murmurou ele.

– Nada, repetiram, em eco, palpitantes.

Mas, na última página, tendo forçado um pouco a abertura do livro, viu em seguida que o pergaminho se descolava da encadernação. Deslizou os dedos... Alguma coisa, sim, ele sentiu alguma coisa... um papel...

– Oh! – fez ele, vitoriosamente – Aqui está... é possível!

– Depressa! Depressa! – gritaram-lhe. O que está esperando? Ele tirou uma folha, dobrada em dois.

– Vamos, leia!... Há algumas palavras em tinta vermelha... olhe... parece sangue... um sangue desbotado... leia então!

Ele leu:

"Para o senhor, Fersen. Para meu filho, 16 de outubro de 1793... Maria Antonieta."

E subitamente, Beautrelet soltou uma exclamação de estupor. Sob a assinatura da rainha, havia... havia, em tinta preta, duas palavras sublinhadas com uma inicial... duas palavras: *Arsène Lupin*. Todos, cada um por sua vez, pegaram a folha, e o mesmo grito escapava a cada vez:

– Maria Antonieta... Arsène Lupin.

Um silêncio os unia. Essa dupla assinatura, esses dois nomes ligados, descobertos no fundo de um livro de horas, essa relíquia onde dormia havia um século o apelo desesperado da pobre rainha, essa data horrível, 16 de outubro de 1793, dia onde tombara a cabeça real, tudo isso era de uma tragédia morna e desconcertante.

– Arsène Lupin – balbuciou uma das vozes, sublinhando assim o que havia de aterrorizante em ver aquele nome diabólico embaixo da folha sagrada.

– Sim, Arsène Lupin – repetiu Beautrelet. – O amigo da rainha não soube compreender o apelo desesperado da condenada. Ele viveu com a lembrança que lhe havia enviado aquela que ele amava e não adivinhou o motivo dessa lembrança. Lupin descobriu tudo... e ele pegou.

– Ele pegou o quê?

– O documento, por Deus!, o documento escrito por Luís XVI, e é isso que eu tive em mãos. Mesma aparência, mesma configuração, mesmas ceras vermelhas. Entendo porque Lupin não quis me deixar um documento do qual eu poderia tirar partido apenas pelo exame do papel, dos lacres etc.

– E então?

– E então, uma vez que o documento do qual conheço o conteúdo é autêntico, uma vez que vi a marca dos lacres vermelhos, uma vez que a própria Maria Antonieta certifica, de próprio punho, que todo o relato da brochura reproduzida pelo sr. Massiban é autêntico, uma vez que existe realmente um enigma histórico da Agulha Oca, tenho certeza de conseguir.

– Como? Autêntico ou não, o documento, se o senhor não chegar a decifrá-lo, não serve para nada, já que Luís XVI destruiu o livro que dava sua explicação.

– Sim, mas o outro exemplar, salvo das chamas pelo capitão da guarda de Luís XIV, não foi destruído.

– O que sabe sobre isso?
– Prove o contrário.

Beautrelet se calou, depois, lentamente, de olhos fechados, como se procurasse precisar e resumir seu pensamento, disse:

– Detentor do segredo, o capitão da guarda começa por revelá-lo em pedaços no diário que seu bisneto encontra. Depois, silêncio. A chave do enigma, ele não a revela. Por quê? Porque a tentação de usar o segredo se infiltra pouco a pouco nele, e ele sucumbe. A prova? Seu assassinato. A prova? A magnífica joia descoberta com ele e que, indubitavelmente, ele havia tirado do tesouro real cujo esconderijo, ignorado por todos, constitui precisamente o mistério da Agulha Oca. Lupin deu-me a entender: Lupin não mentia.

– De sorte, Beautrelet, que o senhor conclui?

– Concluo que se deve fazer, em torno dessa história, o máximo de publicidade possível, e que se saiba, por todos os jornais, que procuramos um livro intitulado o *Tratado da Agulha*. Talvez o desenterremos no fundo de alguma biblioteca de província.

Imediatamente a nota foi redigida, e imediatamente, sem mesmo esperar que ela pudesse produzir algum resultado, Beautrelet pôs mãos à obra.

Um começo de pista se apresentava: o assassinato havia ocorrido nos arredores de Gaillon. No mesmo dia, ele foi até aquela cidade. Certamente não esperava reconstituir um crime cometido duzentos anos antes. Mas, assim mesmo, é verdade também que certos fatos deixam traços nas memórias e nas tradições dos países.

As crônicas locais os recolhem. Um dia, algum erudito de província, algum amante de velhas lendas, algum evocador de pequenos incidentes de uma vida passada, faz disso o objeto de um artigo de jornal ou de uma comunicação acadêmica de sua capital.

Ele visitou três ou quatro desses eruditos. Com um deles, sobretudo, um velho advogado, bisbilhotou, pesquisou os registros da prisão, os registros dos antigos bailios e das paróquias. Nenhuma nota fazia alusão ao assassinato de um capitão da guarda no século XVII.

Não se desencorajou e continuou suas pesquisas em Paris, onde talvez tivesse havido uma investigação sobre o caso. Seus esforços foram em vão.

Mas a ideia de outra pista lançou-o em uma nova direção. Era impossível conhecer o nome do capitão da guarda cujo neto emigrara e cujo bisneto servira aos armados da República, sendo destacado ao Templo durante a detenção da família real, servira a Napoleão e fizera a campanha da França?

Com muita paciência, ele acabou por organizar uma lista onde ao menos dois nomes ofereciam uma semelhança quase completa: sr. de Larbeyrie, sob Luís XIV, e o cidadão Larbrie, sob o Terror.

Já era um ponto importante. Ele deixou isso claro em uma nota que comunicou aos jornais, perguntando se alguém poderia lhe fornecer informações sobre esse tal Larbeyrie ou sobre seus descendentes.

Foi o sr. Massiban, o mesmo Massiban da brochura, o membro do Instituto, que lhe respondeu.

"*Senhor,*

Chamo-lhe a atenção para uma passagem de Voltaire, que levantei em seu manuscrito do século de Luís XIV (capítulo XXV: Particularidades e anedotas do reino). Essa passagem foi suprimida em diversas edições.

'Ouvi do falecido sr. de Caumartin, intendente de Finanças e amigo do ministro Chamillard, que o rei partiu um dia precipi-

tadamente em sua carruagem assim que soube que o sr. Larbeyrie havia sido assassinado e despojado de suas magníficas joias. Parecia tomado de uma emoção muito grande e repetia: 'Tudo está perdido... tudo está perdido...' No ano seguinte, o filho deste e sua filha, que havia desposado o marquês de Vélines, foram exilados em suas terras da Provença e da Bretanha. É óbvio que havia aí alguma particularidade.Não era menos óbvio, eu acrescentaria, que o sr. Chamillard, segundo Voltaire, foi o último ministro que conhecia o estranho segredo do Máscara de Ferro.

Veja, senhor, o proveito que se pode tirar dessa passagem, e o elo evidente que se estabelece entre as duas aventuras. Quanto a mim, não ouso imaginar hipóteses muito precisas sobre a conduta, sobre as suspeitas, sobre as apreensões de Luís XIV nessas circunstâncias, mas não é permitido, por outro lado, já que o sr. de Larbeyrie deixou um filho, que foi provavelmente o avô do cidadão-oficial Larbrie, e uma filha, não é permitido supor que uma parte dos papéis deixados por Larbeyrie tenha sido herdada por sua filha e que, entre esses papéis, se encontrava o famoso exemplar que o capitão da guarda salvou das chamas?

Consultei o Anuário dos Castelos. Existe, nos arredores de Rennes, um barão de Vélines. Seria ele um descendente do marquês? Em todo caso, ontem, escrevi a este barão para perguntar-lhe se ele não tinha em seu poder um antigo livrinho cujo título mencionaria a palavra Agulha. Espero por sua resposta. Eu teria a maior satisfação em falar de todas essas coisas com o senhor. Se isso não o incomodar demais, venha me ver. Aceite, senhor, etc.

P.S. – Bem entendido, eu não comunicarei aos jornais essas pequenas descobertas. Agora que o senhor se aproxima do objetivo, a discrição é imperativa."

Era exatamente a opinião de Beautrelet. Ele iria mesmo mais longe: dois jornalistas o haviam perseguido naquela manhã, e ele lhes dera as informações mais fantasiosas sobre seu estado de espírito e sobre seus projetos.

À tarde, correu à casa de Massiban, que morava no número 17 do Quai Voltaire. Para sua grande surpresa, soube que Massiban acabara de partir de improviso, deixando-lhe um recado para o caso de ele aparecer. Isidore rompeu o lacre e leu:

"*Recebi uma correspondência que me deu alguma esperança. Parto, portanto, e pernoitarei em Rennes. O senhor pode pegar o trem da noite e, sem parar em Rennes, continuar até a pequena estação de Vélines. Nos reencontraremos no castelo, situado a quatro quilômetros dessa estação.*"

O programa agradou a Beautrelet, e, sobretudo, a ideia de que ele chegaria ao castelo ao mesmo tempo que Massiban, pois temia alguma gafe da parte daquele homem inexperiente. Voltou à casa de seu amigo e passou o resto do dia com ele. À noite, pegou o expresso da Bretanha. Às 6 horas, desembarcou em Vélines. Fez a pé, entre bosques espessos, os quatro quilômetros de estrada. De longe, avistou, de uma colina, uma longa casa senhorial, construção um tanto híbrida, mista de Renascimento e de Louis Philippe, mas com um ar ainda assim imponente, com suas quatro torres e sua ponte levadiça envolta em hera.

Isidore sentia as batidas de seu coração enquanto se aproximava. Estaria realmente no final de sua corrida? O castelo conteria mesmo a chave do mistério?

Ele não deixava de temer. Tudo aquilo parecia bom demais, e ele se perguntava se, ainda desta vez, não estaria obedecendo a um plano infernal, concebido por Lupin, se Massiban não era, por exemplo, um instrumento nas mãos de seu inimigo.

Deu uma gargalhada.

"Vamos, estou ficando cômico. Acreditariam realmente que Lupin é um homem infalível, que prevê tudo, uma espécie de Deus todo-poderoso contra o qual não há nada a se fazer. Que diabos! Lupin se engana, Lupin, ele também, está à mercê das circunstâncias, Lupin erra, e é justamente graças ao erro que ele cometeu, perdendo o documento, que eu começo a assumir o controle sobre ele. Tudo decorre daí. E seus esforços, em suma, só servem para reparar a falta cometida." E alegremente, cheio de confiança, Beautrelet chamou.

– O senhor deseja? – perguntou um criado, aparecendo no limiar.

– O barão de Vélines pode me receber?

E estendeu seu cartão.

– O senhor barão ainda não se levantou, mas se o senhor quiser esperá-lo...

– Já não está aqui alguém a esperá-lo, um senhor de barba branca, um pouco curvado? – perguntou Beautrelet, que conhecia Massiban pelas fotografias que os jornais haviam publicado.

– Sim, esse senhor chegou há dez minutos, eu o levei à sala de visitas. Se o senhor desejar seguir-me igualmente para lá...

A conversa de Massiban e Beautrelet foi completamente cordial. Isidore agradeceu o ancião pelas informações de primeira ordem que lhe dera e Massiban exprimiu-lhe sua admiração da maneira mais calorosa. Depois trocaram suas impressões sobre o documento, sobre as chances que tinham de descobrir o livro, e Massiban repetiu o que havia conseguido em relação ao sr. de Vélines. O barão era um homem de 60 anos que, viúvo havia muitos anos, vivia muito isolado com sua filha, Gabrielle de Villemon, a qual acabara de ser cruelmente atingida pela perda de seu marido e de seu filho mais velho, mortos em consequência de um acidente de automóvel.

– O senhor barão pede aos senhores que subam.

O criado os conduziu ao primeiro andar, em uma vasta sala de paredes nuas e simplesmente mobiliada por secretárias, escaninhos e mesas cobertas por papéis e registros. O barão os acolheu com toda amabilidade e com aquela grande necessidade de falar que têm frequentemente as pessoas solitárias. Tiveram muita dificuldade para expor o objetivo de sua visita.

– Ah, sim, eu sei, o senhor me escreveu a esse respeito, sr. Massiban. Trata-se, não é verdade, de um livro sobre uma Agulha, e que teria vindo até mim através de um ancestral?

– De fato.

– Eu lhe diria que meus ancestrais e eu, somos brigados. Tinham ideias estranhas naquele tempo. Eu sou de minha época. Rompi com o passado.

– Sim – objetou Beautrelet, impaciente –, mas o senhor não tem nenhuma lembrança de ter visto esse livro?

– Mas sim! Telegrafei-lhe. – exclamou ele, dirigindo-se a Massiban, que, irritado, ia e vinha pela sala e olhava pelas outras janelas –, Sim!... ou ao menos parecia a minha filha, que havia visto esse título em meio aos milhares de livros que atravancam a biblioteca. Pois, para mim, senhores, a leitura... Eu não leio nem mesmo os jornais... Minha filha ainda, às vezes, contanto que seu pequeno Georges, o filho que lhe resta se comporte bem! E, para mim, contanto que meus aluguéis entrem, que meus aluguéis estejam em ordem!... Os senhores veem meus registros... eu vivo da porta para dentro, senhores... e asseguro que ignoro absolutamente essa história que me contou por carta, sr. Massiban...

Isidore Beautrelet, revoltado por essa tagarelice, o interrompeu bruscamente:

– Desculpe, senhor, mas então esse livro...
– Minha filha o procurou. Ela o procurou desde ontem.
– E então?
– E então ela o encontrou, ela o encontrou há uma hora ou duas. Quando vocês chegaram...
– E onde ele está?
– Onde ele está? Mas ela o colocou sobre essa mesa... olhem... ali...

Isidore saltou. Na extremidade da mesa, sobre uma confusão de papelada, havia um pequeno livro de capa de marroquim vermelho. Colocou o punho sobre ele violentamente, como para impedir que alguém no mundo o tocasse... e um pouco também como se ele mesmo não ousasse pegá-lo.

– E então... – disse Massiban, todo emocionado
– Eu o tenho... aqui está... agora a coisa vai...
– Mas o título... o senhor tem certeza!
– Sim, por Deus! Veja!

Ele mostrou as letras de ouro gravadas no marroquim "*O mistério da Agulha Oca*".

– O senhor está convencido? Somos, enfim, os donos do segredo?
– A primeira página... O que há na primeira página?
– Leia: "*Toda a verdade denunciada pela primeira vez. – Cem exemplares impressos por mim mesmo e para instrução da Corte*".
– É isso, é isso! – murmurou Massiban, com a voz alterada
– É o exemplar salvo das chamas. É mesmo o livro que Luís XIV condenou.

Folhearam-no. A primeira metade continha as explicações dadas pelo capitão de Larbeyrie em seu diário.

– Passemos, passemos – disse Beautrelet, que tinha pressa de chegar à solução.

– Como, passemos! Mas de jeito nenhum. Nós já sabemos que o homem da Máscara de Ferro foi aprisionado porque conhecia e queria divulgar o segredo da casa real da França! Mas como ele o conhecia? E por que queria divulgá-lo? Enfim, quem é esse estranho personagem? Um meio irmão de Luís XIV, como acreditava Voltaire, ou o ministro italiano Mattioli, como o afirma a crítica moderna? Droga! Essas são questões de interesse primordial!

– Depois! Depois! – protestou Beautrelet, como se tivesse medo que o livro voasse de suas mãos antes que conhecesse o enigma.

– Mas – objetou Massiban –, a quem interessa esses detalhes históricos, nós teremos tempo depois... Vejamos para começar a explicação.

Subitamente, Beautrelet calou-se. O documento! No meio de uma página, à esquerda, seus olhos enxergaram as cinco linhas misteriosas de pontos e números. Em um relance, ele constatou que o texto era idêntico ao que ele tanto havia estudado. A mesma disposição de elementos... mesmos intervalos, permitindo isolar a palavra "senhoritas" e determinar separadamente um e outros dos dois termos da Agulha Oca.

Uma pequena nota precedia:

"Todas as informações necessárias, ao que parece, foram reduzidas pelo rei Luís XIV, em um pequeno quadro, que transcrevo abaixo."

Seguia-se o quadro. Depois vinha a própria explicação do documento.

Beautrelet leu com uma voz entrecortada:

Como se vê, este quadro, mesmo quando se troca os números por vogais, não faz nenhum sentido. Diria-se que, para se decifrar esse enigma, é necessário primeiro conhecê-lo. É, no máximo, um fio que é dado aos que conhecem os caminhos do labirinto. Peguemos esse fio e andemos, eu os guiarei.

A quarta linha para começar. A quarta linha contém as medidas e as indicações. Cumprindo as indicações e observando as medidas registradas, chegamos inevitavelmente ao objetivo, com a condição, é claro, de saber onde estamos e para onde vamos, em resumo, de estarmos cientes do sentido real da Agulha Oca. Isso pode ser apreendido nas três primeiras linhas. A primeira é assim concebida para me vingar do rei, eu o havia prevenido, aliás...

Beautrelet parou, espantado.

– Que? O que foi? – perguntou Massiban.

– Não há mais sentido aqui.

– De fato – retomou Massiban. – *"A primeira é assim concebida para me vingar do rei..."* O que isso quer dizer?

– Porcaria! – urrou Beautrelet.

– O que foi?

– Rasgadas! Duas páginas! As páginas seguintes!... Olhem as rebarbas!...

Ele tremia, abalado pela raiva e pela decepção. Massiban debruçou-se:

– É verdade... Ainda restam os cordões das duas páginas, como guias. Parece ter sido recente. Não foram cortadas, foram arrancadas... violentamente arrancadas... Vejam, todas as páginas finais trazem marcas de enrugamento.

– Mas quem? Quem? – gemia Isidore, torcendo os punhos... – Um criado? Um cúmplice?

– Mas, de qualquer maneira, pode ter sido há meses – observou Massiban.

– Assim mesmo... é necessário que alguém tenha encontrado e levado este livro... Vejamos, senhor – disse Beautrelet, apostrofando o barão –, o senhor não sabe de nada?... Não suspeita de ninguém?

– Podemos interrogar minha filha.

– Sim... sim... é isso... talvez ela saiba...

O sr. de Vélines chamou seu criado de quarto. Alguns minutos depois, a sra. de Villemon entrava. Era uma mulher jovem, de fisionomia dolorosa e resignada. Imediatamente Beautrelet lhe perguntou:

– A senhora encontrou este livro lá em cima, na biblioteca?

– Sim, em um pacote de volumes que não tinha sido desatado.

– E a senhora o leu?

– Sim, ontem à tarde.

– Quando a senhora o leu, essas duas páginas faltavam? Lembre-se bem, as duas páginas que seguiam o quadro de números e de pontos?

– Não, mas não – disse ela, espantada –, não faltava nenhuma página.

– No entanto, rasgaram...

– Mas o livro não deixou meu quarto durante a noite.

– Esta manhã?

– Nesta manhã, eu mesma o desci para cá, quando anunciaram a chegada do sr. Massiban.

– Então?

– Então não compreendo... a menos que... mas não...

– O quê?

– Georges... meu filho... esta manhã... Georges brincou com o livro.

Ela saiu precipitadamente, acompanhada de Beautrelet, de Massiban e do barão. A criança não estava em seu quarto. Procuraram em todos os lugares. Enfim, acharam-no brincando atrás do castelo. Mas os três pareciam tão agitados e pediam-lhe satisfações com tanta autoridade que ele começou a gritar. Todo mundo corria à direita e à esquerda. Questionavam os criados. Era um tumulto indescritível. E Beautrelet tinha a impressão aterrorizante de que a verdade era tirada dele como a água que escoa entre os dedos. Fez um esforço para se dominar, deu o braço a sra. de Villemon, e, seguido pelo barão e por Massiban, levou-a de volta ao salão, dizendo-lhe:

– O livro está incompleto, ou seja, duas páginas lhe foram arrancadas... mas a senhora as leu, não é, senhora?

– Sim.

– A senhora sabe o que continham?

– Sim

– A senhora poderia nos repetir?

– Perfeitamente. Li todo o livro com muita curiosidade, mas essas duas páginas, sobretudo, me atingiram, visto o teor das revelações, que têm um interesse considerável.

– Fale, então, senhora, fale, suplico-lhe. Essas revelações são de uma importância excepcional. Fale, peço-lhe, os minutos perdidos não voltam mais. A Agulha Oca...

– Oh! É muito simples, a Agulha Oca quer dizer...

Neste momento, um criado entrou.

– Uma carta para a senhora...

– Oras... mas o carteiro já passou.

– Foi um garoto quem a entregou.

A sra. de Villemon rompeu o lacre, leu e levou a mão ao coração, prestes a desmaiar, subitamente lívida e aterrorizada.

O papel havia caído de suas mãos. Beautrelet o apanhou e, sem mesmo se desculpar, leu por sua vez:

"Cale-se... senão seu filho não acordará..."

– Meu filho... meu filho... – balbuciou ela, tão fraca que não podia sequer ir em socorro daquele a quem ameaçavam.

Beautrelet a tranquilizou:

– Não é sério... trata-se de uma brincadeira... vejamos, quem teria interesse?

– A menos – insinuou Massiban –, que seja Arsène Lupin.

Beautrelet lhe fez sinal para que se calasse. Ele sabia bem, por Deus, que o inimigo estava lá novamente, atento e resolvido a tudo, e era por isso justamente que queria arrancar da sra. de Villemon as palavras supremas, por tão longo tempo esperadas, e arrancá-las imediatamente, naquele mesmo minuto.

– Suplico-lhe, senhora, continue... Estamos todos aqui... Não há nenhum perigo...

Iria ela falar? Ele o acreditava, ele o esperava. Ela balbuciou algumas sílabas. Mas a porta se abriu novamente. Dessa vez, a criada entrou. Parecia perturbada.

– O sr. Georges... senhora... o sr. Georges.

De um golpe, a mãe recobrou todas as suas forças. Mais rápido que todos e impulsionada por um instinto que não enganava, ela despencou pelos degraus da escadaria, atravessou o vestíbulo e correu para o terraço. Lá, sobre uma poltrona, o pequeno Georges estava estendido, imóvel.

– Mas! Está dormindo!...

– Ele adormeceu subitamente, senhora, disse a criada. Eu quis impedi-lo, levá-lo até o quarto, mas ele já dormia e suas mãos... suas mãos estavam frias.

– Frias! – balbuciou a mãe... – Sim, é verdade... Ah! Meu Deus, meu Deus... *que ele acorde!*

Beautrelet deslizou os dedos em um de seus bolsos, agarrou a coronha de seu revólver, o indicador encontrou o gatilho, e ele puxou bruscamente a arma, atirando em Massiban.

Antecipadamente, por assim dizer, como se estivesse espionando os gestos do jovem, Massiban havia se esquivado do tiro. Mas já Beautrelet havia se lançado sobre ele, gritando para os criados:

— Ajudem-me! É Lupin!...

Sob a violência do choque, Massiban foi derrubado em uma das poltronas de vime.

Em sete ou oito segundos levantou-se novamente, deixando Beautrelet atordoado, sufocado e tendo, em suas mãos, o revólver do jovem.

— Bem... perfeito... não se mexa... você conseguiu por dois ou três minutos... não mais do que isso... Mas, verdade, você aproveitou o tempo para me reconhecer. Tive de conhecer bem o rosto de Massiban...

Ele endireitou-se, e agora, bem ereto sobre as pernas, o torso sólido, a atitude temível, gargalhou, olhando os três criados petrificados e o barão perplexo.

— Isidore, você fez besteira. Se você não tivesse lhes dito que eu era Lupin, eles me saltariam em cima. E grandalhões como esses, minha nossa, o que seria de mim, meu Deus! Um contra quatro!

Aproximou-se deles:

— Vamos, crianças, não tenham medo... não os machucarei... tomem, querem um pouco de açúcar de cevada? Isso os aprumará. Ah! Você por exemplo, vai me devolver minha nota de cem francos. Sim, sim, eu te reconheço. Foi você que eu paguei há pouco para trazer a carta a sua patroa. Vamos, rápido, péssimo criado...

Ele pegou a nota azul que lhe estendia o criado e rasgou-a em pedacinhos.

— O dinheiro da traição... isso me queima os dedos.

Tirou seu chapéu e, inclinando-se profundamente diante da sra. de Villemon:

– Perdoa-me, senhora? Os acasos da vida – da minha, sobretudo – obrigam frequentemente a crueldades com as quais sou o primeiro a enrubescer. Mas não tema por seu filho, foi uma picada simples, uma picadinha no braço que lhe fiz, enquanto estava sendo interrogado. Em uma hora, no máximo, não vai aparecer mais... Mais uma vez, minhas desculpas. Mas preciso do seu silêncio.

Fez outra reverência, agradeceu ao sr. de Vélines por sua amável hospitalidade, pegou sua bengala, acendeu um cigarro, ofereceu outro ao barão, deu uma batidinha em seu chapéu, gritou em tom protetor a Beautrelet: "Adeus, bebê!" e se foi tranquilamente, lançando baforadas de cigarro bem no nariz dos criados...

Beautrelet esperou alguns minutos. A sra. de Villemon, mais calma, velava seu filho. Avançou para ela no intuito de endereçar-lhe um último apelo. Seus olhares se cruzaram. Ele não disse nada. Compreendera que jamais, agora, o que quer que acontecesse, ela falaria. Então, novamente, no cérebro de uma mãe, o segredo da Agulha Oca estava enterrado tão profundamente quanto nas trevas do passado.

Assim, ele desistiu e partiu. Eram 10h30. Havia um trem às 11h50. Lentamente ele seguiu a alameda do parque e pegou o caminho que levava à estação.

– Então, o que me diz de tudo isso?

Era Massiban, ou melhor, Lupin, que surgia do bosque contíguo na estrada.

– Fiz tudo bem feito? Seu velho camarada consegue dançar na corda bamba? Eu tinha certeza que você acreditaria, hein? E que você se pergunta se Massiban, membro da Academia das Inscrições e das Belas Letras, realmente existe? Mas sim, ele existe. Mostraremos isso mesmo, se você for sábio. Mas primeiro, vou devolver sua arma... Você está olhando se está carregada? Perfeitamente, meu pequeno. As cinco balas restantes, sendo que uma só seria suficiente para me enviar *ad patres*[18]... Bem, você a colocou no bolso?... Em boa hora... Gosto mais disso do que aquilo que você fez lá... Malvado, seu pequeno gesto! Mas, bem, somos jovens, percebemos rápido – um lampejo! – se somos enrolados mais uma vez por esse bendito Lupin, e ele está lá, diante de nós, a três passos... pffft, atiramos... Não te quero mal por isso... A prova é que te convido a tomar lugar no meu cem cavalos. Aceita?

Colocou os dedos na boca e assobiou.

O contraste era delicioso entre a aparência venerável do velho Massiban e a jovialidade do tom e dos gestos afetados de Lupin. Beautrelet não pôde deixar de rir.

– Ele riu! Ele riu! – exclamou Lupin, saltando de alegria. – Você vê, o que te falta, bebê, é o sorriso... você é um pouco sério demais para a sua idade... É muito simpático, tem um grande charme de ingenuidade e de simplicidade... mas é verdade, você não sorri.

Plantou-se diante dele.

– Vamos, aposto que vou te fazer chorar. Sabe como segui sua investigação? Como soube da carta que Massiban te escreveu e do encontro que ele marcou nesta manhã no castelo de Vélines? Pela tagarelice de seu amigo, na casa de quem você está... Você conta tudo a esse imbecil e ele não tem nada mais urgente a fazer do que contar tudo à namorada dele... E a

---

18. Expressão latina que significa "para os antepassados", "para os mortos" (N. do T.)

namorada dele não tem segredos para Lupin. O que eu disse? Olha você aqui... Seus olhos se molham... a amizade traída, hein? Isso te entristece... Vamos, você é delicioso, meu pequeno... Por pouco eu te abraçaria... você tem sempre uns olhares espantados que me vão direto ao coração... Lembro-me sempre, na outra noite, em Gaillon, quando você me consultou... Mas sim, era eu o velho advogado... Mas ria, garoto... É verdade, repito, você não sorri. Veja, te falta... como eu diria? Te falta a "recompensa". Eu, eu tenho a "recompensa".

Ouviram o ronco de um motor bem próximo. Lupin agarrou bruscamente o braço de Beautrelet e, em um tom frio, olhos nos olhos:

– Você vai ficar quieto, agora, hein? Você está vendo que não há nada a fazer. Então, de que adianta gastar suas forças e perder seu tempo? Há bandidos suficientes no mundo... Corra atrás deles e deixe-me... senão... Está combinado, não é?

Ele sacudiu-o para impor-lhe sua vontade. Depois riu:

– Imbecil que sou! Você, me deixar em paz? Você não é dos que fraquejam... Ah não sei o que me impede... Em dois tempos e em três movimentos você seria amarrado, amordaçado... e em duas horas ficaria nas sombras por alguns meses... E eu poderia dar meus pulos com toda segurança, me retirar para o aprazível esconderijo que me prepararam meus ancestrais, os reis da França, e usufruir dos tesouros que eles tiveram a gentileza de acumular para mim... Mas não, está decidido que vou errar até o fim... O que você quer? Todos têm suas fraquezas... E eu tenho uma por você... E depois, ainda não está feito. Daqui até o momento em que você conseguir colocar o dedo no oco da Agulha, terá passado muita água debaixo da ponte... Que diabos! Precisei de dez dias, eu, Lupin. Será preciso dez anos para você. Há muito espaço ainda entre nós dois.

A Agulha Oca

O automóvel chegara, um carro imenso, de carroceria fechada. Ele abriu a porta, Beautrelet deu um grito. Dentro da limusine havia um homem, e esse homem era Lupin, ou melhor, Massiban.

Ele riu, compreendendo subitamente.

Lupin disse-lhe:

– Não se contenha, ele dorme bem. Eu prometi que você o veria. Tudo está explicado agora? Por volta da meia-noite, eu sabia do seu encontro no castelo. Às 7 horas da manhã, eu estava lá. Quando Massiban passou, só tive de pegá-lo... E depois, uma picada... e estava feito! Durma, meu bom homem... Vamos colocá-lo em um barranco... Em pleno sol, para que não sinta frio... Vamos... bem... perfeito... Que maravilha... E nosso chapéu na mão!.. Uma moeda, por favor... Ah, meu velho Massiban, você cuida de Lupin!

Era realmente uma bufonaria enorme ver um diante do outro, os dois Massibans, um adormecido e balançando a cabeça, o outro sério, cheio de atenções e de respeito.

– Tenham piedade de um pobre cego... Tome, Massiban, aqui estão duas moedas e meu cartão de visitas...

– E agora, crianças, corramos a toda velocidade... Está escutando, motorista, a 120 por hora. Para o carro, Isidore... Há uma sessão plenária no Instituto hoje, e Massiban deve ler, às 3 e meia, uma pequena dissertação sobre não sei o quê. Bem, ele lerá, essa pequena dissertação. Vou servir-lhes um Massiban completo, mais verdadeiro que o verdadeiro, com minhas próprias ideias sobre as inscrições lacustres. Pela primeira vez estarei no Instituto. Mais rápido, motorista, só estamos a 115... Você está com medo, esqueceu-se, então, que está com Lupin?... Ah, Isidore, e ainda ousam dizer que a vida é monótona, mas a vida é uma coisa adorável, meu pequeno, somente é preciso saber... e eu, eu sei... Se você acha que não é para arrebentar de alegria agora há pouco no castelo, quando você tagarelava com o velho Vélines e eu, colado contra a janela rasgava as páginas do livro histórico! E depois, quando você interrogava a sra. de Villemon a respeito da Agulha Oca! Iria ela falar? Sim, ela falaria... não, ela não falaria... sim... não... Eu tinha arrepios... Se ela falasse, teria de refazer toda a minha vida, todos os alicerces estariam destruídos... O criado chegaria a tempo? Sim... não... aí está... Mas Beautrelet vai me desmascarar? Jamais! Inexperiente demais! Sim... não... e aí está... não, não está... sim... ele me observa... aí está... ele vai pegar sua arma... Ah, que volúpia!... Isidore, você fala demais... Durmamos, quer? Estou caindo de sono... boa noite...

Beautrelet o olhou. Ele parecia já estar quase dormindo. Já dormia.

O automóvel, lançado através do espaço, corria para um horizonte alcançado incessantemente e sempre fugaz. Não havia mais nem cidades, nem aldeias, nem campos, nem florestas, nada além do espaço devorado, engolido. Por muito tempo Beautrelet olhou para seu companheiro de viagem com uma curiosidade ardente e também com o desejo de penetrar, através da máscara que o cobria, até sua verdadeira fisionomia. E refletia sobre as circunstâncias que os mantinha tão próximos um do outro na intimidade daquele automóvel.

Mas, depois das emoções e das decepções daquela manhã, cansado por sua vez, ele adormeceu.

Quando acordou, Lupin lia. Beautrelet se debruçou para ver o título do livro. Era *As Cartas a Lucílio*, de Sêneca, o filósofo.

8

De César a Lupin

"Que diabos! Precisei de dez dias, eu, Lupin. Será preciso dez anos para você."

Essa frase, pronunciada por Lupin ao saírem do castelo de Vélines, teve uma influência considerável na conduta de Beautrelet. Profundamente calmo e sempre senhor de si, Lupin tinha, entretanto, esses momentos de exaltação, essas expansões um pouco românticas, às vezes teatrais e infantis, quando lhe escapavam certas confissões, certas palavras das quais um rapaz como Beautrelet podia tirar proveito.

Com ou sem razão, Beautrelet acreditava ver nessa frase uma de suas confissões involuntárias. Tinha o direito de concluir que, se Lupin colocava em paralelo os próprios esforços e os dele na perseguição da verdade sobre a Agulha Oca, era porque ambos possuíam os mesmos meios para chegar ao objetivo, era porque ele, Lupin, não tinha elementos para o sucesso diferentes do que possuía seu adversário. As chances eram as mesmas. Ora, com essas mesmas chances, com esses mesmos elementos de sucesso, havia sido suficiente dez dias para Lupin. Quais eram esses elementos, esses meios e essas chances? Reduziam-se definitivamente ao conhecimento da brochura publicada em 1815, brochura que Lupin havia, sem dúvida, como Massiban, encontrado por acaso, e graças a qual havia chegado a descobrir, no livro das horas de Maria Antonieta, o indispensável documento. Portanto, a brochura e os documentos, essas eram as duas únicas bases sobre as quais Lupin havia se apoiado. Com isso havia reconstruído todo o edifício. Nenhum socorro externo. O estudo da brochura e o estudo do documento, um ponto, era tudo.

Pois bem! Beautrelet não podia se circunscrever no mesmo terreno? De que serviria uma luta impossível? Para que essas vãs indagações, se ele tinha certeza, tanto que evitava as armadilhas que se multiplicavam sob seus passos, de chegar, no fim das contas, ao mais lamentável dos resultados?

Sua decisão foi clara e imediata e, embora conformando-se, tinha a intuição feliz de estar no caminho certo. Para começar, deixou, sem inúteis recriminações, seu camarada de Janson-de-Sailly, e, pegando suas malas, foi se instalar, depois de muitas voltas e desvios, em um pequeno hotel situado bem no centro de Paris. Desse hotel ele não saiu em absoluto por dias inteiros. No máximo comia na mesa do hotel. No resto do tempo, trancado, as cortinas do quarto hermeticamente fechadas, ele pensava.

"Dez dias", havia dito Arsène Lupin. Beautrelet, esforçando-se para esquecer tudo o que havia feito e não se lembrar senão dos elementos da brochura e do documento, ambicionava ardentemente permanecer nos limites desses dez dias. O décimo dia, no entanto, se passou, e o décimo primeiro e o décimo segundo, mas no décimo terceiro dia, uma luz se fez em seu cérebro e rapidamente, com a rapidez desconcertante dessas ideias que se desenvolvem em nós como plantas miraculosas, a verdade apareceu, floresceu, frutificou. Na noite desse décimo terceiro dia, é verdade que ele não sabia a chave do enigma, mas conhecia com toda certeza um dos métodos que poderiam levar a sua descoberta, o método fecundo que Lupin sem nenhuma dúvida havia utilizado.

Método muito simples e que resultava dessa única pergunta: existe um elo entre todos os acontecimentos históricos, mais ou menos importantes aos quais a brochura associa o mistério da Agulha Oca?

A diversidade dos acontecimentos tornava a resposta difícil. No entanto, do exame aprofundado no qual mergulhou Beautrelet, terminou por destacar uma característica essencial comum a todos esses elementos. Todos, sem exceção, haviam se passado nos limites da antiga Nêustria, que correspondia mais ou menos a atual Normandia[19]. Todos os heróis da fantástica aventura eram normandos ou se tornam, ou atuam em terras normandas. Que apaixonante viagem através dos tempos! Que emocionante espetáculo este em que todos esses barões, duques e reis, partindo de pontos tão opostos encontram-se nesse canto do mundo!

Ao acaso, Beautrelet repassou a história. É Roll ou Rollon, primeiro duque *normando*, que é o mestre do segredo da Agulha depois do tratado de Saint-Clair-sur-Epte!

É Guilherme o Conquistador, duque da *Normandia*, rei da Inglaterra, cujo estandarte é pontudo como uma agulha!

É em *Rouen* que os ingleses queimam Joana d'Arc, mestra do segredo!

E logo na origem da aventura, quem é o chefe dos caletes que paga seu resgate a César com o segredo da Agulha, senão o

---

19. Região histórica no noroeste da França (N. do T.)

chefe dos homens da terra de Caux[20], do país de Caux, situado no próprio coração da *Normandia*?

A hipótese se confirma. O campo se reduz. Rouen, as margens do Sena, o país de Caux... Parece mesmo que todos os caminhos se convergem para esse lado. Se citarmos mais particularmente dois reis da França, o segredo perdido pelos duques da Normandia e por seus herdeiros, os reis da Inglaterra, tornou-se o segredo real da França. Foi Henrique IV quem fez o cerco de Rouen e ganhou a batalha de Arques, às portas de Dieppe. E foi Francisco 1º quem fundou Le Havre e pronunciou essa frase reveladora: "Os reis da França carregam segredos que frequentemente decidem o destino das cidades!" Rouen, Dieppe, Le Havre... os três vértices do triângulo, as três grandes cidades que ocupam os três pontos. No centro, o país de Caux.

O século XVII chega. Luís XIV queima o livro n qual o desconhecido revela a verdade. O capitão de Larbeyrie se apodera de um exemplar, se aproveita do segredo que violou, apossa-se de um certo número de joias e, surpreendido por salteadores, morre assassinado. Ora, qual é o lugar onde acontece a cilada? Gaillon! Gaillon, pequena cidade situada na rota que leva Havre, Rouen e Dieppe a Paris.

Um ano depois, Luís XIV compra uma propriedade e ali constrói o castelo da Agulha. Que lugar ele escolhe? O centro da França. De maneira que os curiosos são despistados. Não se procura na Normandia.

---

20. O chamado "país de Caux", forma grosseiramente um triângulo (o triângulo "cauchois") na região da Normandia. É delimitado a noroeste pelas falésias da Mancha, ao sul pelo Sena e a leste pelas florestas. Suas cidades principais são Rouen, Dieppe e Le Havre. No centro desse triângulo, existe a comuna de Caux. As delimitações do país de Caux não seguem limites geográficos precisos, mas culturais e históricos. As confusões são, portanto, comuns. (N. do T.)

Rouen... Dieppe... Le Havre... O triângulo de Caux... Tudo está lá... De um lado, o mar. Do outro, o Sena. De outro, os dois vales que conduzem de Rouen a Dieppe.

Um lampejo iluminou o espírito de Beautrelet. Esse terreno, essa região de planaltos que vai desde as falésias do Sena até as falésias do canal da Mancha, foi sempre, quase sempre ali, o próprio campo de operações em que circulava Lupin.

Há dez anos, era precisamente nessa região que ele se colocava em recorte cerrado, como se tivesse seu esconderijo no próprio coração do território ao qual estava associado mais estreitamente à lenda da Agulha Oca.

O caso do barão de Cahorn[21]? Às margens do Sena, entre Rouen e Le Havre. O caso de Tibermesnil[22]? Na outra extremidade do planalto, entre Rouen e Dieppe. Os assaltos de Gruchet, de Montigny, de Crasville? Em pleno país de Caux. Onde Lupin estava quando foi atacado e amarrado em seu compartimento por Pierre Onfrey, o assassino da rua Lafontaine[23]? Em Rouen. Onde Herlock Sholmes, prisioneiro de Lupin, foi embarcado?[24] Perto do Havre.

E todo o drama atual, qual havia sido o palco? Ambrumésy, na rota de Havre a Dieppe.

Rouen, Dieppe, Le Havre, sempre o triângulo de Caux.

Portanto, alguns anos antes, Arsène Lupin, possuidor da brochura e conhecendo o esconderijo onde Maria Antonieta havia dissimulado o documento, acabara por colocar as mãos no famoso livro das horas. Em posse do documento, ele entra-

---

21. *Arsène Lupin, ladrão de casaca* (Arsène Lupin na prisão).
22. *Arsène Lupin, ladrão de casaca* (Herlock Sholmes chega tarde demais).
23. *Arsène Lupin, ladrão de casaca* (O misterioso viajante).
24. *Arsène Lupin contra Herlock Sholmes* (A Dama loura).

ra em campo, encontrara o tesouro e se estabelecera ali, em terra conquistada.

Beautrelet entrou em campo.

Ele partiu com uma verdadeira emoção, pensando na mesma viagem que Lupin havia feito, nas mesmas esperanças que deviam tê-lo feito palpitar, quando tinha ido assim, à descoberta do formidável segredo que deveria armá-lo de um tal poder. Os esforços dele, Beautrelet, conduziriam ao mesmo resultado vitorioso?

Deixou Rouen de madrugada, a pé, o rosto bem maquiado e sua trouxa na ponta de uma varinha, sobre as costas, como um aprendiz em sua viagem pela França.

Foi diretamente a Duclair, onde almoçou. Ao sair dessa vila, seguiu o Sena e não o deixou mais, por assim dizer. Seu instinto, reforçado, aliás, por muitas presunções, o levava sempre para as margens sinuosas do lindo rio. Fora pelo Sena que haviam escoado as coleções do roubo do castelo de Cahorn. Fora pelo Sena que haviam transportado as antigas pedras esculpidas do roubo da Chapelle-Dieu. Ele imaginava como que uma flotilha de barcaças fazendo o serviço regular de Rouen ao Havre e drenando as obras de arte e as riquezas de uma região para expedi-las de lá a uma terra de milionários.

– Eu ardo!... Eu ardo!... – murmurava o rapaz, ofegante sob os golpes de verdade que o atingiam em grandes choques sucessivos.

O fracasso dos primeiros dias não o desencorajou de modo algum. Ele tinha uma fé profunda, inabalável, na justeza da hipótese que o dirigia. Ousada, excessiva, não importava! Ela era digna do inimigo perseguido. A hipótese valia a realidade prodigiosa que tinha como nome Lupin. Com aquele homem, deveríamos procurar algo que não fosse enorme, exagerado e sobrehumano? Jumièges, La Mailleraye, Saint-Wandrille, Caudebec, Tancarville, Quillebeuf, localidades cheias de suas lembranças! Quantas vezes ele deveria ter contemplado a glória de suas torres góticas ou o esplendor de suas vastas ruínas!

Mas o Havre, os arredores do Havre, atraíam Isidore como as luzes de um farol.

"Os reis da França carregam segredos que frequentemente decidem o destino das cidades."

Palavras obscuras e de repente, para, Beautrelet, radiantes de claridade! Não era a exata declaração dos motivos que haviam levado Francisco 1º a criar uma cidade nesse lugar, e não foi o destino de Havre de Grâce ligado ao próprio segredo da Agulha?

– É isso... é isso... – balbuciou Beautrelet com embriaguez...

O velho estuário normando[25], um dos pontos essenciais, um dos núcleos primitivos em torno dos quais havia se formado a nacionalidade francesa, o velho estuário se completa por essas duas forças: uma em pleno céu, viva, famosa, porto novo que comanda o oceano e que se abre para o mundo; a outra tenebrosa, ignorada e ainda mais inquietante por ser invisível e impalpável. Todo um lado da história da França e da casa real se explica pela Agulha, assim como toda a história de Lupin. As mesmas fontes de energia e de poder alimentam e renovam as fortunas dos reis e do aventureiro.

De aldeia em aldeia, do rio ao mar, Beautrelet bisbilhotou, o nariz ao vento, o ouvido atento, e tratando de arrancar às menores coisas seu significado mais profundo. Era nesse lado que era necessário perguntar? Nessa floresta? Nas casas dessa vila? Era no meio das palavras insignificantes desse camponês que ele colheria uma pequena palavra reveladora?

---

25. Le Havre

A Agulha Oca

Em uma manhã, ele almoçava em um albergue em Honfleur, antiga cidade do estuário. Diante dele comia um desses vendedores de cavalos normandos, corados e pesados, que percorrem as feiras da região, chicote na mão, uma longa blusa nas costas. Depois de um instante, pareceu a Beautrelet que o homem o olhava com certa atenção, como se o conhecesse, ou, ao menos, como se procurasse reconhecê-lo.

"Bah!" – pensou ele – "Estou enganado, ou nunca vi esse comerciante de cavalos e ele nunca me viu?"

De fato, o homem pareceu não se ocupar mais dele. Acendeu seu cachimbo, pediu café e conhaque, fumou e bebeu. Com a refeição terminada, Beautrelet pagou e se levantou. Como um grupo de indivíduos entrava ao mesmo tempo em que ele queria sair, teve de permanecer em pé alguns segundos perto da mesa onde o vendedor de cavalos estava sentado, e o ouviu dizer em voz baixa:

– Bom dia, sr. Beautrelet.

Isidore não hesitou. Tomou lugar junto ao homem e disse:

– Sim, sou eu... mas quem é o senhor? Como o senhor me reconheceu?

– Não é difícil... E, no entanto, eu só o vi nos retratos dos jornais. Mas o senhor está tão mal... como se diz em francês?... tão mal disfarçado.

Ele tinha um sotaque estrangeiro muito forte e Beautrelet acreditou discernir, examinando-o, que ele também usava uma máscara que alterava sua fisionomia.

– Quem é o senhor? – e repetiu... – Quem é o senhor?

O estrangeiro sorriu:

– O senhor não está me reconhecendo?

– Não. Nunca o vi.

– Eu também não. Mas lembre-se... A mim também, publicam meu retrato nos jornais... e frequentemente. Bem, já sabe?

— Não.
— Herlock Sholmes.

O encontro era original. E significativo também. Imediatamente o jovem entendeu seu alcance. Depois de uma troca de cumprimentos, disse:

— Suponho que se o senhor está aqui... é por causa dele?
— Sim...
— Então... então... o senhor acredita que tenhamos chances... desse lado...
— Tenho certeza.

A alegria que Beautrelet sentiu em constatar que a opinião de Sholmes coincidia com a sua trazia também certa inquietação. Se o inglês chegasse ao objetivo, seria a vitória compartilhada e quem saberia até mesmo se ele não chegaria lá antes?

— O senhor tem provas? Indícios?
— Não tenha medo — riu o inglês, compreendendo sua inquietude —, eu não piso em seus calcanhares. Para o senhor é o documento, a brochura... coisas que não me inspiram grande confiança.
— E para o senhor?
— Para mim não é nada disso.
— Seria indiscreto?...
— De maneira alguma. O senhor se lembra da história do diadema, da história do duque de Charmerace[26]?
— Sim.
— O senhor não se esqueceu de Victoire, a velha ama de Lupin, aquela que o meu bom amigo Ganimard deixou escapar em um falso carro de prisão?

---

26. Arsène Lupin, peça em 4 atos

— Não.
— Encontrei a pista de Victoire. Ela mora em uma fazenda perto da estrada nacional nº 25. A estrada nacional nº 25 é a estrada de Havre à Lille. Por Victoire, chegarei facilmente a Lupin.
— Vai demorar.
— O que importa! Deixei de lado todos os negócios. Não há nada além disso que conta. Entre mim e Lupin existe uma luta... uma luta até a morte.

Ele pronunciou essas palavras com uma espécie de selvageria, onde se sentia todo o rancor das humilhações sofridas, toda uma raiva feroz contra o grande inimigo que havia brincado com ele tão cruelmente.

— Vamos — murmurou ele —, estão nos observando... é perigoso... Mas lembre-se de minhas palavras: no dia em que Lupin e eu estivermos face a face, será... será trágico.

Beautrelet deixou Sholmes bastante tranquilizado: não era de se temer que o inglês ganhasse dele em velocidade. E que prova ainda lhe trazia o acaso dessa conversa! A estrada de Havre a Lille passava por Dieppe. Era a grande estrada costeira do país de Caux! A rota marítima guiada pelas falésias da Mancha! E era em uma fazenda vizinha a essa rota que Victoire estava instalada. Victoire, ou seja, Lupin, pois um não estaria lá sem o outro, o mestre sem sua serva, sempre cegamente devotada.

"Eu ardo... Eu ardo..." — repetia o rapaz... — "Desde que as circunstâncias me trazem um elemento novo de informação, é para confirmar minha suposição. De um lado, certeza das margens do Sena; de outro, certeza da estrada nacional. As duas vias de comunicação se encontram no Havre, na cidade de Francisco 1º, a cidade do segredo. Os limites se estreitam. O país de Caux não é grande, e é apenas a parte oeste do país que eu devo esmiuçar."

Ele voltou ao trabalho com obstinação.

"O que Lupin encontrou, não existe nenhuma razão para que eu também não encontre" – ele não parava de dizer a si mesmo. Certamente Lupin devia ter sobre ele algumas grandes vantagens, talvez o conhecimento aprofundado da região, dados precisos sobre as lendas locais, menos que isso, uma lembrança – vantagem preciosa, pois ele, Beautrelet, não sabia nada, ignorava completamente esse país, tendo-o percorrido pela primeira vez por causa do roubo de Ambrumésy e de forma rápida, sem se demorar ali.

Mas o que importava!

Ainda que tivesse de consagrar dez anos de sua vida nessa procura, ele a levaria a termo. Lupin estava lá. Ele o via. Ele o adivinhava. Ele o esperava nesse desvio de estrada, no limiar desse bosque, na saída dessa aldeia. E a cada vez decepcionado, parecia que ele encontrava, a cada decepção, uma razão mais forte para se obstinar ainda mais.

Frequentemente ele se jogava nos barrancos da estrada e mergulhava perdidamente no exame da cópia do documento que trazia sempre consigo, ou seja, aquele com a substituição das vogais no lugar dos números:

$$\begin{array}{c}
E.A.A..E..E.A. \\
.A..A...E.E. \quad .E.OI.E..E. \\
.\underline{OU}.. \quad E. \quad O... \quad E..E.O..E \\
D \; \overline{DF} \; \square \; 19F+44 \; \square \; 357 \; \triangleleft \\
AI.UI .. \quad E .. \quad ..EU.E
\end{array}$$

Frequentemente também, segundo seus hábitos, ele se deitava de bruços no mato alto e refletia por horas. Tinha tempo. O futuro lhe pertencia.

A Agulha Oca

Com uma paciência admirável, ia do Sena para o mar, e do mar para o Sena, afastando-se aos poucos, voltando sobre seus passos e só abandonando o terreno quando não havia mais, teoricamente, nenhuma chance de ali recolher a menor informação.

Assim estudou e examinou Montivilliers, Saint-Romain, Octeville e Gonneville, e Criquetot.

Batia, à noite, na casa dos camponeses e lhes pedia abrigo. Depois do jantar, fumavam juntos e conversavam. E ele lhes pedia que contassem as histórias que contavam nas longas noites de inverno.

E fazia sempre a mesma pergunta dissimulada:

– E a Agulha? A lenda da Agulha Oca... O senhor não a conhece?

– Bem, não... não conheço isso...

– Pense bem... uma história de uma velha ama... qualquer coisa que fala sobre uma agulha... Uma agulha encantada, talvez... algo assim?

Nada. Nenhuma lenda, nenhuma lembrança. E no dia seguinte, ele voltava a partir alegremente.

Um dia, passou pela linda aldeia de Saint-Jouin, que domina o mar e desce por entre um caos de rochas que desmoronam da falésia. Então subiu de volta ao planalto e se dirigiu para o vale de Bruneval, para o cabo de Antifer, para a pequena enseada de Belle Plage. Andava alegre e levemente, um pouco cansado, mas tão feliz por viver! Tão feliz que esquecia até mesmo de Lupin e do mistério da Agulha Oca e de Victoire e de Sholmes, interessando-se pelo espetáculo das coisas, o céu azul no grande mar cor de esmeralda, deslumbrante de sol.

As encostas escarpadas, os restos dos muros de tijolos, onde acreditou reconhecer os vestígios de um campo romano o intrigaram. Depois, percebeu uma espécie de pequeno castelo, construído ao modelo de um antigo forte, com torres rachadas, altas janelas góticas, e que estava situado em um promontório acidentado e montanhoso, rochoso e quase separado da falésia. Um portão guarnecido de grades e matagais de ferro defendiam a estreita passagem.

Não sem dificuldade, Beautrelet conseguiu atravessá-lo. Acima da porta ogival, fechada por uma antiga fechadura enferrujada, ele leu essas palavras:

"Fort de Fréfossé"[27]

Ele tentou entrar e, virando à direita, avistou, depois de ter descido por um pequeno declive, um caminho que corria sobre um cume de terra terminada por uma rampa de madeira. Logo no começo, havia uma gruta de proporções exíguas, formando como que uma guarita na ponta da rocha onde havia sido escavada, uma rocha íngreme, tombando para o mar.

Podia-se ficar de pé apenas no centro da gruta. Múltiplas inscrições se entrecruzavam em suas paredes. Um buraco quase quadrado perfurado na própria pedra se abria em claraboia para o lado da terra, exatamente em frente ao forte de Fréfossé, do qual se avistava a trinta ou quarenta metros a coroa com ameias. Beautrelet jogou sua trouxa por terra e sentou-se. A jornada havia sido pesada e fatigante. Adormeceu por um instante.

O vento fresco que circulava dentro da gruta o acordou. Permaneceu alguns minutos imóvel e distraído, os olhos va-

---

27. O forte de Fréfossé ganhou esse nome por causa de um domínio vizinho, do qual dependia. Sua destruição, que ocorreu alguns anos mais tarde, foi exigida pela autoridade militar, em seguida às revelações concernentes a este livro.

gos. Tentava pensar, retomar seu pensamento ainda embotado. E já mais consciente, ia se levantar quando teve a impressão de que seus olhos subitamente fixos, subitamente maiores enxergavam... Um estremecimento o agitou. Suas mãos se crisparam e ele sentiu que gotas de suor se formavam nas raízes de seus cabelos.

– Não... não... balbuciou ele... é um sonho, uma alucinação... Vejamos, será possível?

Ajoelhou-se bruscamente e debruçou-se. Duas letras enormes, de um pé cada uma talvez, apareciam gravadas em relevo no granito do solo.

Essas duas letras, esculpidas de maneira grosseira, mas claramente e que a usura dos séculos havia arredondado os ângulos e patinado a superfície, essas duas letras eram um *D* e um *F*.

Um *D* e um *F*! Milagre perturbador! Um *D* e um *F*, precisamente as duas letras do documento! As duas únicas letras do documento!

Ah! Beautrelet não tinha nem mesmo necessidade de consultá-lo para evocar aquele grupo de letras na quarta linha, a linha das medidas e das indicações! Ele as conhecia tão bem! Estavam inscritas para sempre no fundo de suas pupilas, incrustadas para sempre na própria substância de seu cérebro!

Levantou-se, desceu pelo caminho escarpado, subiu novamente ao longo do antigo forte, de novo se agarrou, para passar, nos espinhos das grades e andou rapidamente até um pastor, cujo rebanho pastava em uma ondulação do planalto.

– Aquela gruta ali... aquela gruta...

Seus lábios tremiam, e ele procurava as palavras que não encontrava. O pastor contemplava-o com estupor. Por fim, repetiu:

– Sim, aquela gruta... o que está ali... à direita do forte... Ela tem um nome?

– Claro! Todos os de Étretat chamam de as Senhoritas.
– O quê?... O quê?... O que o senhor está me dizendo?
– É, bem, sim... o quarto das Senhoritas...

Isidore esteve a ponto de saltar-lhe à garganta, como se toda a verdade habitasse nesse homem e estivesse esperando que ele a pegasse de um golpe, que lhe arrancasse...

As Senhoritas! Uma das palavras, uma das duas únicas palavras conhecidas do documento!

Um vento de loucura sacudiu as pernas de Beautrelet. E se inflava em volta dele, assoprava como uma borrasca impetuosa que vinha do alto mar, que vinha da terra, que vinha de todo os lugares e o fustigava com os grandes golpes da verdade... Ele compreendia! O documento lhe aparecia com seu sentido verdadeiro! O quarto das Senhoritas... Étretat...

"É assim..." – pensou ele – O espírito invadido pela luz... não pode ser outra coisa senão isso. Mas como não adivinhei antes?"

E disse ao pastor, em voz baixa:

– Bem... vá... pode ir... obrigado...

O homem, assim banido, assobiou chamando seu cachorro e se afastou.

Uma vez sozinho, Beautrelet voltou para o forte. Já o havia quase ultrapassado quando, de súbito, jogou-se ao chão e permaneceu aconchegado contra uma parede. E pensava, torcendo as mãos:

– Sou louco! E se *ele* me vir? E se *seus* cúmplices me virem? Há uma hora que eu vou... que eu venho...

Não se mexeu mais. O sol tinha se posto. A noite, pouco a pouco, se misturava ao dia, atenuando a silhueta das coisas. Então, através de mínimos gestos insensíveis, de bruços, deslizando, rastejando, ele avançou sobre uma das pontes do promontório, até a ponta extrema da falésia. Conseguiu. Com a ponta das mãos estendidas, separou tufos de erva e sua cabeça emergiu acima do abismo.

Diante dele, quase no nível da falésia, em pleno mar, erguia-se uma rocha enorme, com mais de vinte e quatro metros de altura, obelisco colossal, aprumado sobre sua larga base de granito, que se via na beira da água e se erguia em seguida afinando até o topo, como o dente gigante de um monstro marinho. Branco como a falésia, de um branco cinzento e sujo, o assustador monólito era marcado por linhas horizontais marcadas por sílex e onde se via o lento trabalho dos séculos acumulando umas sobre as outras camadas de calcário e camadas de seixos.

De quando em quando uma fissura, uma fenda, e subitamente, aqui e ali, um pouco de terra, de ervas, de folhas.

E tudo isso poderoso, sólido, formidável, com um jeito de coisa indestrutível, contra o que o assalto furioso das vagas e da tempestade não podia prevalecer. Tudo isso definitivo, imanente, grandioso, apesar da imensidão da muralha de falésias que o dominava, imenso, apesar da imensidão do espaço onde se erguia.

As unhas de Beautrelet se enfiavam no solo como as garras de um animal prestes a saltar sobre sua presa. Seus olhos penetravam na casca rugosa da rocha, em sua pele, parecia-lhe, em sua carne. Ele a tocava, a apalpava, conhecendo-a, tomando posse... Ele a assimilava...

O horizonte tornava-se púrpura, com todos os fogos do sol que desaparecia e as longas nuvens flamejantes, imóveis no céu, formavam paisagens magníficas, lagoas irreais, planícies em chamas, florestas de ouro, lagos de sangue, toda uma fantasia ardente e pacífica.

O azul do céu escureceu. Vênus apareceu brilhante, de um brilho maravilhoso, depois estrelas se acenderam, ainda tímidas.

E Beautrelet, subitamente, fechou os olhos e apertou compulsivamente contra a fronte seus braços dobrados. Ali. – oh!, pensou em morrer de alegria, tão cruel foi a emoção que lhe apertou o coração – Ali, quase no topo da Agulha de Étretat, abaixo do ponto extremo ao redor do qual as gaivotas esvoaçavam, um pouco de fumaça saía de uma fenda, como uma chaminé invisível, um pouco de fumaça subia em lentas espirais no ar calmo do crepúsculo.

9

Abre-te, Sésamo!

A AGULHA DE ÉTRETAT ERA OCA!
Fenômeno natural? Escavações produzidas por cataclismos internos ou pelo esforço insensível do mar borbulhante, da chuva que se infiltra? Ou obra sobre-humana executada por humanos, celtas, gauleses, homens pré-históricos? Questões insolúveis, sem dúvida. E o que importava? O essencial residia nisso: a Agulha era oca.

A quarenta ou cinquenta metros desse arco imponente chamado de Porte d'Aval e que se eleva no topo do penhasco, como o colossal tronco de uma árvore para fincar raízes nas rochas submarinas, ergue-se um cone de calcário desmesurado; e esse cone é apenas uma touca de casca pontuda colocada sobre o vazio.

Revelação prodigiosa! Depois de Lupin, eis que Beautrelet descobria a chave do grande enigma, que pairou sobre mais de vinte séculos! Chave de uma importância suprema para quem a possuía outrora, nas longínquas épocas em que hordas de bárbaros cavalgavam o velho mundo! Chave mágica que abre o covil ciclópico a tribos inteiras fugindo diante do inimigo! Chave misteriosa que guarda a porta do esconderijo mais inviolável! Chave prodigiosa que dá poder e assegura a preponderância!

Por conhecer essa chave, César pôde subjugar a Gália. Por conhecê-la, os normandos se impuseram ao país, e de lá, mais tarde, encostados nesse ponto de apoio, conquistaram a ilha vizinha, conquistaram a Sicília, conquistaram o Oriente, conquistaram o Novo Mundo!

Mestres do segredo, os reis da Inglaterra dominaram a França, humilharam-na, desmembraram-na, fizeram-se coroar reis em Paris. Quando perderam o segredo, foi a derrota.

Mestres do segredo, os reis da França cresceram, ultrapassaram os estreitos limites de seu domínio, fundando, pouco a pouco, a grande nação e brilharam em sua glória e poder – eles o esqueceram ou não souberam usá-lo e foi a morte, o exílio e a decadência.

Um reino invisível, no seio das águas e a dez braços da terra!... Uma fortaleza ignorada, mais alta que as torres de Notre-Dame e construída sobre uma base de granito maior que uma praça pública... Que força e que segurança! De Paris ao mar, pelo Sena. Ali, o Havre, cidade nova, cidade necessária. E a sete léguas dali, a Agulha Oca, não era um asilo inexpugnável?

Um asilo e também um formidável esconderijo. Todos os tesouros dos reis, aumentando a cada de século, todo o ouro da França, tudo o que foi extraído do povo, tudo o que se arrancou do clero, todo o butim recolhido nos campos de batalha da Europa, foi dentro da caverna real que o acumularam. Antigas moedas de ouro, escudos reluzentes, dobrões, ducados, florins, guinéus e pedrarias, diamantes e todas as joias, todos os adereços, tudo está lá. Quem o descobriria? Quem jamais saberia o segredo impenetrável da Agulha? Ninguém.

Sim, Lupin.

E Lupin se tornara essa espécie de ser realmente desproporcional que se sabe, esse milagre impossível de se explicar, de tanto que sua verdade mora nas sombras. Por mais infinitos que sejam os recursos de seu gênio, eles não podem ser suficientes na luta que ele sustenta contra a sociedade. São necessários outros, mais materiais. É preciso o refúgio seguro, é preciso a certeza da impunidade, a paz que permite a execução de seus planos.

Sem a Agulha Oca, Lupin é incompreensível, é um mito, um personagem de romance, sem relação com a realidade. Mestre do segredo, e que segredo! É um homem como os outros, simplesmente, mas que sabe manejar de maneira superior, a arma extraordinária que o destino lhe legou.

Ou seja, a Agulha Oca, e este é um fato indiscutível. Resta saber como se pode chegar lá.

Por mar, evidentemente. Devia haver, do lado do mar aberto, alguma fissura abordável para os barcos em certas horas da maré. Mas do lado da terra?

Até a noite, Beautrelet permaneceu suspenso acima do abismo, os olhos viciados na massa de sombra que formava a pirâmide, e pensando, meditando com toda a força de seu espírito.

Depois ele desceu até Étretat, escolheu o hotel mais modesto, jantou, subiu até seu quarto e desdobrou o documento.

Para ele, agora, era um jogo do qual era preciso extrair o significado. Imediatamente percebeu que as três vogais da palavra Étretat apareciam na primeira linha, na ordem e nos intervalos desejados. Essa primeira linha ficava então assim:

e . a . a . . é t r e t a t . a . .

Que palavras poderiam preceder *Étretat*? Palavras sem dúvida que se aplicavam à situação da Agulha em relação à cidade. Ora, a Agulha se dirigia à esquerda, à oeste... Ele procurou e, lembrando-se que os ventos do oeste se chamavam nas costas de ventos de *Aval* e que a porta era justamente denominada de *Aval*, ele escreveu:

A Agulha Oca

No Aval de Étretat . a . .[28]

A segunda linha era a que trazia a palavra *"Senhoritas"*, e, constatando logo, antes dessa palavra, a série de todas as vogais que compõem as palavras *"o quarto das"*, ele anotou a segunda frase:

No Aval de Étretat – O quarto das Senhoritas[29].

Teve mais dificuldade com a terceira linha, e foi só depois de ter tateado que, lembrando-se da situação, não longe do "quarto das Senhoritas", do castelo construído no lugar do forte de Fréfossé, acabou por reconstituir assim o documento quase completo:

No Aval de Étretat – o quarto das Senhoritas –
Sob o forte de Fréfossé – Agulha Oca[30].

Essas eram as grandes fórmulas, as fórmulas essenciais e gerais. Através delas, dirigia-se até o Aval de Étretat, entrava-se no quarto das Senhoritas, passava-se, segundo todas as probabilidades, sob o forte de Fréfossé e chegava-se à Agulha.
Como? Pelas indicações e medidas que formavam a quarta linha:

$$D \ \overline{DF} \ \square \ 19F + 44 \ \triangleright \ 357 \ \triangleleft$$

28.. En aval d'Étretat (N. do T.)
29. En aval d'Étretat – La chambre des Demoiselles (N. do T.)
30. En aval d'Étretat – la chambre des Demoiselles – Sous le fort de Fréfossé – Aiguille creuse (N. do T.)

Ali estavam, evidentemente, as fórmulas mais especiais, destinadas à revelação do lugar por onde se penetrava e do caminho que conduzia à Agulha.

Beautrelet supôs logo – e sua hipótese era a consequência lógica do documento – que, se havia realmente uma comunicação direta entre a terra e o obelisco da Agulha, o subterrâneo devia partir do quarto das Senhoritas, passar sob o forte de Fréfossé, descer os cem metros de falésia e, por um túnel sob as rochas do mar, chegar à Agulha Oca.

A entrada do subterrâneo? Não eram as duas letras, *D* e *F*, tão claramente recortadas, que a designavam, que a abririam, talvez, graças a algum mecanismo engenhoso?

Toda a manhã do dia seguinte, Isidore passeou por Étretat e tagarelou à direita e à esquerda para tratar de recolher alguma informação útil. Enfim, à tarde, subiu para a falésia. Disfarçado de marinheiro, havia rejuvenescido ainda mais e tinha o ar de um garoto de 12 anos, com suas calças curtas demais e malha de pescador.

Mal havia entrado na gruta, ajoelhou-se diante das letras. Uma decepção o aguardava. Por mais que lhes batesse, empurrasse e manipulasse em todas as direções, elas não se moviam. E se deu conta, rapidamente, que elas realmente não se moviam, e portanto não comandavam nenhum mecanismo. No entanto..., no entanto, elas significavam alguma coisa! Das informações que havia recolhido na cidade, resultava que ninguém jamais pudera explicar sua presença, e que o abade Cochet, em seu precioso livro sobre o Étretat[31], havia se debruçado em vão sobre aquele pequeno enigma. Mas Isidore sabia

---

31. *As origens de Étretat* – Ao fim das contas, o abade Cochet parece concluir que as duas letras são as iniciais de um transeunte qualquer. As revelações que trazemos demonstrarão o erro de tal suposição.

aquilo que o sábio arqueólogo normando ignorava, ou seja, a presença das duas mesmas letras no documento, na linha das indicações. Coincidência fortuita? Impossível. Então?...

Uma ideia veio-lhe bruscamente, e tão racional, tão simples, que ele não duvidou por um segundo de sua justeza. Esse *D* e esse *F* não eram as iniciais das duas palavras mais importantes do documento? palavras que representavam – com a Agulha – estações essenciais da rota a seguir: o quarto das *Senhoritas*[32] e o forte de *Fréfossé*. O *D* de Demoiselles, o *F* de Fréfossé, havia ali uma relação estranha demais para ser obra do acaso.

Nesse caso, o problema se oferecia assim: o grupo *DF* representava a relação que existia entre o quarto das Senhoritas e o forte de Fréfossé; a letra isolada *D,* que começava a linha, representava as Senhoritas, ou seja, a gruta por onde é preciso se colocar no começo; e a letra isolada *F,* que se encontrava no meio da linha, representava Fréfossé, ou seja, a entrada provável do subterrâneo.

Entre esses vários sinais, restam dois, uma espécie de retângulo desigual, marcado por um traço à esquerda, embaixo, e o número 19, sinais que, evidentemente, indicam a quem se encontra dentro da gruta, a maneira de penetrar sob o forte. O formato desse retângulo intrigava Isidore. Teria ele ao redor, nas paredes ou ao menos ao alcance dos olhos uma inscrição, uma coisa qualquer que teria a forma retangular?

Procurou por muito tempo e estava a ponto de abandonar essa pista quando seus olhos encontraram a pequena abertura feita na rocha, e que era como a janela do quarto. Ora, as margens dessa abertura desenhavam precisamente um retân-

---
32. *Demoiselles*

gulo rugoso, desigual, grosseiro, mas ainda assim um retângulo, e logo Beautrelet constatou que, colocando os dois pés sobre o *D* e sobre o *F*, gravados no solo – e assim se explicava a barra que sobrepujava as duas letras do documento – se achava exatamente na altura da janela!

    Colocou-se em posição nesse lugar e olhou. A janela, estando dirigida, como já havíamos mencionado, em direção à terra firme, via-se de início o lugar que ligava a gruta à terra, lugar suspenso entre dois abismos, depois percebia-se a própria base do montículo que levava ao forte. Para tentar enxergar o forte, Beautrelet se debruçou para a esquerda e logo compreendeu o significado do traço arredondado, da vírgula que marcava o documento embaixo, à esquerda, embaixo. À esquerda da janela, um pedaço de sílex formava uma saliência, e a extremidade desse pedaço se curvava como uma garra. Diria-se um verdadeiro ponto de mira. E aplicando-se o olho a esse ponto de mira, o olhar recostava sobre a encosta do montículo oposto, uma superfície de terreno bastante reduzida e quase inteiramente ocupada por um antigo muro de tijolos, vestígio do antigo forte de Fréfossé ou do antigo *oppidum*[33] romano construído nesse lugar.

    Beautrelet correu em direção a esse pedaço de muro, com talvez dez metros de comprimento e cuja superfície era atapetada de ervas e de plantas. Não encontrou nenhum indício.

    E, no entanto, o número 19?

    Voltou até a gruta, tirou do bolso uma meada de barbante e um metro de tecido e, assim munido, atou o barbante ao ângulo de sílex, amarrou uma pedrinha no décimo nono metro e

---

[33]. Termo em latim para a principal povoação em qualquer área administrativa do Império Romano (N. do T.)

lançou-o para o lado da terra. A pedrinha atingiu com dificuldade a extremidade do local.

"Triplo idiota" – pensou Beautrelet. – "Media-se em metros naquela época? 19 significa 19 toesas[34] ou não significa nada."

Tendo efetuado o cálculo, contou trinta e sete metros no barbante, fez um nó e, tateando, procurou sobre o pedaço de muro o ponto exato e forçosamente único onde o nó formado a trinta e sete metros da janela das Senhoritas tocaria a parede de Fréfossé. Depois de alguns instantes, o ponto de contato se estabeleceu. Com sua mão livre, ele afastou as folhas de verbasco crescidas nos interstícios.

Um grito escapou-lhe. O nó havia pousado no centro de uma pequena cruz esculpida em relevo sobre um tijolo. Ora, o sinal que seguia o número 19 sobre o documento era uma cruz!

Foi necessário toda sua força de vontade para dominar a emoção que o invadia. Apressadamente, com os dedos crispados, ele agarrou a cruz e, apoiando-se nela, girou-a como giraria os raios de uma roda. O tijolo oscilou. Ele redobrou seus esforços: o tijolo não se mexeu mais. Então, sem girá-lo, apoiou-se nele ainda mais. Logo sentiu que ele cedia. E, de repente, houve como que um desencadeamento, um barulho de fechadura que se abre; o tijolo do muro girou e, à direita dele, a mais ou menos um metro, descobriu a abertura de um subterrâneo.

Como um louco, Beautrelet empunhou a porta de ferro na qual os tijolos estavam apoiados, puxou-a violentamente e fechou-a. O espanto, a alegria, o medo de ser surpreendido convulsionavam seu rosto a ponto de deixá-lo irreconhecível. Teve uma visão acelerada de tudo o que havia se passado ali,

---

34. Antiga medida francesa equivalente a seis pés, ou seja, cerca de dois metros.

diante daquela porta, desde vinte séculos antes, de todos os personagens iniciados no grande segredo, que haviam penetrado por aquela abertura... Celtas, gauleses, romanos, normandos, ingleses, franceses, barões, duques, reis e, depois de todos eles, Arsène Lupin... e depois de Lupin, ele, Beautrelet... Sentiu que seu cérebro lhe escapava. Suas pálpebras batiam. Caiu desmaiado e rolou até embaixo da rampa, na borda mesmo do precipício.

Sua tarefa havia terminado, ao menos a tarefa que podia cumprir sozinho, com os únicos recursos de que dispunha.

À noite, escreveu ao chefe da Segurança uma longa carta, na qual reportava fielmente os resultados de suas investigações e revelava o segredo da Agulha Oca. Pedia ajuda para acabar o trabalho e dava seu endereço.

Esperando pela resposta, passou duas noites consecutivas no quarto das Senhoritas. Passou-as entorpecido de medo, os nervos sacudidos por um pavor que os barulhos noturnos exasperavam... Acreditava a todo instante ver sombras que avançavam sobre ele. Sabiam de sua presença na gruta... viriam... o degolariam... Seu olhar, no entanto, perdidamente fixo, sustentado por toda a sua vontade, se agarrava ao pedaço de muro.

Na primeira noite nada se mexeu, mas na segunda, sob a claridade das estrelas e de uma fina lua crescente, ele viu a porta se abrir e vultos emergirem da escuridão. Contou dois, três, quatro, cinco...

Pareceu-lhe que aqueles cinco homens carregavam fardos bastante volumosos. Cortaram direto pelos campos até a estrada do Havre, e ele ouviu o barulho de um automóvel se afastando.

Refez seus passos, caminhou ao lado de uma grande fazenda. Mas, na curva de um caminho que o ladeava, só teve tempo de escalar um barranco e se esconder atrás das árvores.

A Agulha Oca

Mais homens passaram, quatro... cinco... e todos carregados de pacotes. E dois minutos depois, outro automóvel soou. Desta vez ele não teve forças para retornar a seu posto e voltou ao hotel para dormir.

Ao despertar, o mensageiro do hotel trouxe-lhe uma carta. Ele quebrou o lacre. Era o cartão de Ganimard.

– Finalmente! – exclamou. Sentia realmente, depois de uma campanha tão dura, a necessidade de um socorro.

Precipitou-se de mãos estendidas. Ganimard tomou-as, contemplou-o por um momento e disse-lhe:

– O senhor é durão, meu rapaz.

– Bah! – fez ele – O acaso me favoreceu.

– Não há acaso com *ele*.– afirmou o inspetor, que falava sempre de Lupin com um ar solene e sem pronunciar seu nome.

Ele se sentou.

– Então nós o pegamos?

– Como já o pegamos mais de vinte vezes – respondeu Beautrelet, rindo.

– Sim, mas hoje...

– Hoje, de fato, o caso é diferente. Conhecemos seu esconderijo, sua fortaleza, tudo o que faz, em suma, Lupin ser Lupin. Ele pode escapar. A Agulha de Étretat não pode.

– Por que o senhor supõe que ele escapará? – perguntou Ganimard, inquieto.

– Por que o senhor supõe que ele terá necessidade de escapar? – retrucou Beautrelet. – Nada prova que ele esteja na Agulha atualmente. Esta noite, onze de seus cúmplices saíram. Talvez ele fosse um desses onze.

Ganimard pensou.

– Tem razão. O essencial, é a Agulha Oca. De resto, esperemos que a sorte nos favoreça. E agora, conversemos.

Tomou de novo sua voz grave, seu ar de importância convencida e disse:

– Meu caro Beautrelet, tenho ordens de lhe recomendar, a respeito deste caso, a discrição mais absoluta.

– Ordens de quem? – perguntou Beautrelet, divertido. – Do chefe de polícia?

– Mais alto.

– Do presidente do Conselho?

– Mais alto.

– Caramba!

Ganimard baixou a voz.

– Beautrelet, acabo de chegar do Eliseu[35]. Consideram este caso como um segredo de Estado, de extrema gravidade. Existem razões sérias para que se mantenha ignorada essa cidadela invisível... razões estratégicas sobretudo... Isso pode se tornar um centro de abastecimento, um estoque de pólvoras, projéteis recentemente inventados, o que sei? O arsenal desconhecido da França.

– Mas como esperam guardar um segredo assim? Antigamente apenas um homem o detinha, o rei. Hoje, somos já alguns a sabê-lo, sem contar o bando de Lupin.

– Eh! O quanto não se ganhará com dez anos, com cinco anos de silêncio. Esses cinco anos podem ser a salvação...

– Mas, para se apoderar dessa cidadela, desse futuro arsenal, é necessário atacar, é fundamental desalojar Lupin. E isso não se faz sem barulho.

– Evidentemente adivinharão alguma coisa, mas não saberão. E depois, tentaremos.

– Que seja. Qual é seu plano?

---

35. Palácio do Eliseu, residência oficial do presidente da França.

A Agulha Oca

– Em duas palavras, é isso. Para começar, o senhor não é Isidore Beautrelet, e não se fala mais de Arsène Lupin. O senhor é e permanecerá um garoto de Étretat, o qual, passeando, surpreendeu indivíduos que saíam do subterrâneo. O senhor sabe, não é, da existência de uma escada que atravessa a falésia do alto até embaixo?

– Sim, há várias dessas escadas ao longo da costa. Veja, bem perto me assinalaram, diante de Bénouville, a escada do Padre, conhecida por todos os banhistas. E eu nem falo dos três ou quatro túneis, destinados aos pescadores.

– Portanto, a metade dos meus homens e eu, iremos, guiados pelo senhor. Entrarei sozinho ou acompanhado, isso ainda resolveremos. O importante é que o ataque seja feito por ali. Se Lupin não estiver na Agulha, armaremos uma ratoeira onde, mais dia, menos dia, ele cairá. Se estiver lá...

– Se ele estiver lá, sr. Ganimard, ele fugirá da Agulha pelo lado posterior, aquele que dá para o mar.

– Nesse caso, será imediatamente preso pela outra metade dos meus homens.

– Sim, mas se, como eu suponho, o senhor tiver escolhido o momento em que o mar tiver baixado, deixando a descoberto a base da Agulha, a caça será pública, pois terá lugar diante de todos os pescadores de mexilhões, camarões e crustáceos que abundam nos rochedos vizinhos.

– É por isso que escolherei justamente a hora em que a maré estiver cheia.

– Nesse caso, ele fugirá de barco.

– E como terei lá uma dúzia de barcos de pesca, cada um comandado por um de meus homens, ele será pego.

– Se ele não passar por entre sua dúzia de barcos como um peixe através das malhas de uma rede.

– Que seja. Mas então eu o apanho no fundo.
– Caramba! O senhor tem então canhões?
– Meu Deus, sim. Há neste momento um barco torpedeiro no Havre. Com um telefonema meu, ele estará na hora combinada nos arredores da Agulha.
– Como Lupin ficará orgulhoso! Um barco torpedeiro!... Vejo, sr. Ganimard, que o senhor previu tudo. Só é preciso fazer acontecer. Quando atacaremos?
– Amanhã.
– À noite?
– Em pleno dia, na maré montante, por volta das 10 horas.
– Perfeito.

Sob a aparência de alegria, Beautrelet escondia uma verdadeira angústia. Até o dia seguinte não dormiu, arquitetando, por sua vez, os planos mais impraticáveis. Ganimard o havia deixado para se alojar a uma dezena de quilômetros de Étretat, em Yport, onde, por prudência, havia marcado encontro com seus homens e onde havia fretado doze barcos de pesca, com a desculpa das chamadas pesquisas ao longo da costa. Às 9h45, escoltado por doze rapazes robustos, encontrou Isidore na base do caminho que subia para a falésia. Às 10 horas em ponto, chegaram em frente ao pedaço de muro. Era o momento decisivo.

– O que você tem, Beautrelet? Está verde! – riu Ganimard, tratando o jovem com intimidade, zombeteiramente.

– E você, sr. Ganimard – retrucou Beautrelet –, a gente acreditaria que sua hora chegou.

Sentaram-se e Ganimard engoliu alguns goles de rum.

– Não é nervosismo, mas, caramba, que emoção! Cada vez que devo pegá-lo reviram-me as entranhas. Um pouco de rum?

– Não.

— E se o senhor desistir no caminho?

— Só se eu estiver morto.

— Ótimo. Enfim, veremos. E agora, vamos. Nenhum perigo de sermos vistos, hein?

— Não. A Agulha é mais baixa que a falésia e, além disso, nós estamos em um recuo de terreno.

Beautrelet se aproximou do muro e se apoiou no tijolo. O desencadeamento se produziu e a entrada do subterrâneo apareceu. À luz das lanternas que o iluminaram, eles viram que estava escavado no formato de uma abóboda, e que essa abóboda, bem como o próprio solo, estava coberta de tijolos.

Andaram por alguns segundos e subitamente uma escada apareceu. Beautrelet contou quarenta e cinco degraus, degraus em tijolos, mas que a ação lenta dos passos havia desgastado no meio.

— Demônios! — praguejou Ganimard, que abaixava a cabeça e que parou, subitamente, como se tivesse batido em algo.

— O que há?

— Uma porta!

— Droga! — murmurou Beautrelet, olhando-a — E nem um pouco fácil de arrombar. Um bloco de ferro, simplesmente.

— Estamos perdidos — disse Ganimard —, não tem nem fechadura!

— Justamente, é isso que me dá esperança.

— E por quê?

— Uma porta é feita para se abrir, e se esta não tem fechadura, é porque existe um segredo para abri-la.

— E como não sabemos o segredo...

— Eu vou conhecê-lo.

— De que maneira?

— Por meio do documento. A quarta linha não tem outra

razão que a de resolver as dificuldades na hora em que elas se apresentam. E a solução é relativamente fácil, já que está escrita não para despistar, mas para ajudar os que a procuram.

– Relativamente fácil! não sou dessa opinião. – disse Ganimard, que tinha desdobrado o documento... O número 44 e um triângulo marcado por um ponto à esquerda, é ainda bastante obscuro.

– Mas não, mas não. Examine a porta. Você verá que ela é reforçada nos quatro cantos, com placas de ferro em formato de triângulos e que essas placas são fixadas com grossos pregos. Pegue a placa da esquerda, embaixo, e movimente o prego que está no ângulo... Há nove chances contra uma de acertar.

– Caímos na décima – disse Ganimard depois de ter tentado.

– Então é porque o número 44...

Em voz baixa, refletindo, Beautrelet continuou:

– Vejamos... Ganimard e eu estamos aqui, nós dois no último degrau da escada... são 45... Por que 45, se o número do documento é 44? Coincidência? não... Em todo caso, nunca houve coincidências, nem mesmo a mais involuntária. Ganimard, tenha a bondade de descer um degrau... Isso, não saia do 44º degrau. E agora, eu movimento o prego de ferro. E a bobina gira... Se não for isso, terei perdido meu latim...

De fato, a pesada porta girou em seus gonzos. Uma caverna bastante espaçosa se ofereceu a seus olhos.

– Devemos estar exatamente debaixo do forte de Fréfossé, disse Beautrelet. Agora as camadas de terra estão aparecendo. Acabaram os tijolos. Estamos em plena massa calcária.

A sala estava mal iluminada por um jato de luz que vinha da outra extremidade. Aproximando-se, viram que era uma fissura da falésia, aberta em uma projeção da parede e que formava uma espécie de observatório. Diante dele, a cinquenta metros, erguia-se das ondas o bloco impressionante da Agulha. À direita, bem pertinho, ficava o arco do Porte d'Aval, à esquerda, bem longe, fechando a curva harmoniosa de uma vasta enseada, um outro arco, mais imponente ainda, se recortava na falésia, a Manneporte (*magna porta*), tão grande que por ela poderia passar um barco com os mastros erguidos e todas as velas abertas. Ao fundo e em todos os lugares, o mar.

– Não estou vendo nossa flotilha – disse Beautrelet.

– Impossível – disse Ganimard –, o Porte d'Aval esconde de nós toda a costa de Étretat e de Yport. Mas, veja ali, no mar aberto, essa linha escura, nivelando com a água...

– Então?...

– Então, nossa frota de guerra, o torpedeiro n° 25. Com isso, Lupin pode fugir... se quiser conhecer as paisagens submarinas.

Um corrimão marcava a escada, perto da fissura. Foram por ali. De quando em quando, uma pequena janela vazava a parede, e a cada vez avistavam a Agulha, cuja massa parecia-lhes cada vez mais colossal. Um pouco antes de chegarem ao nível da água, acabaram-se as janelas e ficaram na escuridão.

Isidore contava os degraus em voz alta. Em trezentos e cinquenta e oito, foram dar em um corredor mais largo, barrado novamente por uma porta de ferro, reforçada por placas e pregos.

– Conhecemos isso – disse Beautrelet. O documento nos dá o número 357 e um triângulo pontudo à direita. Só temos de fazer novamente a operação.

A segunda porta se abriu como a primeira. Um longo, muito longo túnel se apresentou, iluminado de quando em quando pela luz viva de lamparinas, suspensas na abóbada. As paredes escorriam e gotas de água caíam no solo, de maneira que, de uma ponta a outra haviam colocado, para facilitar a caminhada, uma verdadeira calçada de tábuas.

– Estamos passando por baixo do mar – disse Beautrelet.
– O senhor vem, Ganimard?

O inspetor se aventurou no túnel, seguiu a passarela de madeira e parou diante de uma lamparina que desenganchou:

– Os utensílios podem datar da Idade Média, mas o modo de iluminação é moderno. Esses cavalheiros se iluminam com mechas incandescentes.

Ele continuou seu caminho. O túnel dava em outra gruta de proporções mais espaçosas, onde se percebia, em frente, os primeiros degraus de uma escada que subia.

– Agora é a subida da Agulha que começa – disse Ganimard –, está ficando mais íngreme.

Mas um dos seus homens o chamou.

– Patrão, tem outra escada ali, à esquerda.

E, de repente, logo depois, descobriram uma terceira, à direita.

– Droga, murmurou o inspetor, a situação se complica. Se entrarmos por aqui, eles fugirão por lá.

– Separemo-nos – propôs Beautrelet.

– Não, não... isso vai nos enfraquecer... É preferível que um de nós vá como batedor.

– Eu, se quiserem...

– O senhor, Beautrelet, que seja. Eu ficarei com meus homens... dessa maneira, nada a temer. Pode haver outros caminhos além do que seguimos pela falésia e vários outros também através da Agulha. Mas, com certeza, entre a falésia e a Agulha, não há outra comunicação a não ser o túnel. Portanto, é necessário que se passe por essa gruta. Portanto, me instalo aqui até sua volta. Vá, Beautrelet, e tenha prudência... Ao menor sinal de alerta, volte...

Rapidamente, Isidore desapareceu pela escada do meio. No trigésimo degrau, uma porta, uma verdadeira porta de madeira surgiu. Ele agarrou o círculo da maçaneta e o girou. Ela não estava trancada.

Entrou em uma sala que lhe pareceu muito baixa, de tal maneira era imensa. Iluminada por fortes lâmpadas, suspensa por pilares robustos, entre os quais abriam-se profundas perspectivas, ela devia ter quase as mesmas dimensões da Agulha. Caixas a atravancavam, e uma multidão de objetos, móveis, cadeiras, baús, aparadores, cofres, toda uma barafunda como se vê no subsolo dos vendedores de antiguidades. À direita e à esquerda, Beautrelet viu a abertura de duas escadas, sem dúvida as mesmas que partiam da gruta inferior. Ele podia, portanto, voltar a descer e chamar Ganimard. Mas, diante dele, uma nova escadaria subia e ele teve a curiosidade de continuar sozinho as investigações.

Mais trinta degraus. Uma porta, depois uma sala um pouco menos vasta, apareceu a Beautrelet. E ainda uma vez, em frente, uma escadaria que subia.

Trinta degraus novamente. Uma porta. Uma sala menor...

Beautrelet compreendeu o plano dos trabalhos executados no interior da Agulha. Era uma série de salas sobrepostas, umas por sobre as outras, e, consequentemente, cada vez menores. Todas serviam de depósito.

Na quarta, não havia mais lamparinas. Um pouco da luz do dia se infiltrava pelas fissuras, e Beautrelet avistou o mar a uma dezena de metros abaixo dele.

Nesse momento, sentiu-se tão distante de Ganimard que certa angústia começou a invadi-lo, e foi-lhe preciso dominar os nervos para não fugir em disparada. Nenhum perigo o ameaçava, entretanto, e, ao redor dele, o silêncio era tal que ele se perguntava se a Agulha inteira havia sido abandonada por Lupin e seus cúmplices.

"No próximo andar," – disse de si para si –"eu pararei."

Mais trinta degraus, depois uma porta, esta mais leve, de aspecto mais moderno. Ele a empurrou suavemente, pronto para fugir. Ninguém. Mas a sala diferia das outras como destino. Nas paredes, tapeçarias, no chão, tapetes. Duas cômodas magníficas encontravam-se frente a frente, carregadas de ourivesaria. Pequenas janelas, abertas nas fendas estreitas e profundas, estavam guarnecidas de vidraças.

No meio da sala, uma mesa ricamente servida com uma toalha de renda, compoteiras de frutas e de bolos, garrafas de champanhe e flores, amontoados de flores.

Ao redor da mesa, três lugares postos.

Beautrelet aproximou-se. Sobre os pratos, havia cartões com os nomes dos convidados.

Ele leu primeiro: *Arsène Lupin*.

Em frente: *Sra. Arsène Lupin*.

Pegou o terceiro cartão e estremeceu de espanto. Ele trazia seu nome: *Isidore Beautrelet*!

10

O tesouro dos reis da França

UMA CORTINA SE ABRIU.
– Olá, sr. Beautrelet, o senhor está um pouco atrasado. O almoço estava marcado para o meio-dia. Mas, enfim, não são mais que alguns minutos. O que há? Não me reconhece? Mudei tanto assim!

No curso de sua luta contra Lupin, Beautrelet havia conhecido muitas surpresas, e esperava ainda, no momento do desfecho, passar por muitas outras emoções, mas o choque daquela vez foi imprevisto. Não foi de espanto, mas de estupor, de terror.

O homem que tinha diante de si, o homem que toda a força brutal dos acontecimentos o obrigava a considerar como Arsène Lupin, esse homem era Valméras. Valméras, o proprietário do castelo da Agulha! Valméras, aquele mesmo a quem ele havia pedido socorro contra Arsène Lupin! Valméras, seu companheiro de expedição a Crozant! Valméras, o corajoso amigo que tornara possível a fuga de Raymonde, derrotando, ou fingindo derrotar, nas sombras do vestíbulo, um cúmplice de Lupin!

– O senhor... o senhor... É, portanto, o senhor! – balbuciou ele.
– E por que não? – retrucou Lupin. Acreditaria, portanto, me conhecer definitivamente, porque me viu sob os traços de um clérigo ou sob a aparência do sr. Massiban? Diabos! Quando se escolhe a situação social que eu ocupo, é necessário de servir dos pequenos talentos da sociedade. Se Lupin não pudesse ser, à sua escolha, pastor da Igreja reformada ou

membro da Academia das Inscrições e das Belas Letras, seria desesperador ser Lupin. Ora, Lupin, o verdadeiro Lupin, Beautrelet, ei-lo aqui! Olhe-o bem, Beautrelet...

– Mas, então... se é o senhor... então... a Senhorita...

– Sim, Beautrelet, você é quem diz...

Ele afastou novamente a cortina, fez um sinal e anunciou:

– Sra. Arsène Lupin.

– Ah! – murmurou o rapaz, confuso com tudo... – Srta. de Saint-Véran.

– Não, não – protestou Lupin –, senhora Arsène Lupin ou ainda, se o senhor preferir, sra. Louis Valméras, minha esposa em núpcias formais, segundo as normas legais mais rigorosas. E graças ao senhor, meu caro Beautrelet.

Estendeu-lhe a mão.

– Todos os meus agradecimentos... e, de sua parte, espero, sem nenhum rancor.

Coisa bizarra, Beautrelet não provava rancor algum. Nenhum sentimento de humilhação. Nenhuma amargura. Submetia-se tão simplesmente a enorme superioridade de seu adversário que não corou por ter sido vencido por ele. Apertou a mão que ele lhe oferecia.

– A senhora está servida.

Um criado havia colocado sobre a mesa uma travessa cheia de comida.

– O senhor me perdoará, Beautrelet, meu cozinheiro está de licença e seremos forçados a comer frio.

Beautrelet não tinha nenhuma vontade de comer. Sentou-se, entretanto, prodigiosamente interessado pela atitude de Lupin. O que sabia ele exatamente? Daria-se conta do perigo que corria? Ignorava a presença de Ganimard e de seus homens?... E Lupin continuava:

— Sim, graças ao senhor, meu caro amigo. Certamente Raymonde e eu, nos amamos desde o primeiro dia. Perfeitamente, meu pequeno. O sequestro de Raymonde, seu cativeiro, brincadeiras tudo isso: nós nos amamos. Mas ela, não mais que eu, aliás, quando ficamos livres para nos amarmos, não podíamos admitir que se estabelecesse entre nós uma dessas ligações passageiras que estão à mercê do acaso. A situação era, portanto, insolúvel para Lupin. Mas ela não o era se eu voltasse a Louis Valméras, que eu nunca cessei de ser, desde a minha infância. Foi então que tive a ideia, já que o senhor não desistia, e que o senhor havia encontrado este castelo da Agulha, de me aproveitar de sua obstinação.

— E de minha bobagem.

— Bah! Quem não teria se enganado?

— De maneira que foi com minha cobertura, com o meu apoio que o senhor conseguiu ter sucesso?

— Por Deus! Como teriam suspeitado que Valméras era Lupin, se Valméras era amigo de Beautrelet, e se Valméras acabara de tomar de Lupin aquela a quem Lupin amava? E foi encantador. Oh, as belas lembranças! A expedição a Crozant! os buquês de flores encontrados, minha suposta carta de amor a Raymonde! E, mais tarde, as precauções que eu, Valméras, tomei contra mim, Lupin, antes do meu casamento! E, à noite, a lembrança de seu famoso banquete, quando o senhor desfaleceu nos meus braços! As belas lembranças!...

Houve um silêncio. Beautrelet observava Raymonde. Ela escutava Lupin sem dizer palavra e o olhava com olhos onde havia amor, paixão e outra coisa ainda, que o rapaz não conseguia definir, uma espécie de constrangimento inquieto e como que uma tristeza confusa. Mas Lupin voltou os olhos para ela, e ela sorriu ternamente. Por cima da mesa, suas mãos se encontraram.

— O que diz de minha pequena instalação, Beautrelet? —

perguntou Lupin... - Tem um bom aspecto, não é? Não pretendo que seja extremamente confortável... No entanto, alguns ficaram satisfeitos, e não os menos importantes... Olhe a lista de alguns personagens que foram proprietários da Agulha e que tiveram a honra de deixar aqui a marca de sua passagem.

Sobre as paredes, umas abaixo das outras, essas palavras estavam gravadas:

"César. Charlemagne. Roll. Guilherme, o Conquistador. Ricardo, rei da Inglaterra. Luís XI. Francisco. Henrique IV. Luís XIV. Arsène Lupin."

- Quem mais vai se registrar agora? - perguntou. - Ai de mim! A lista está fechada. De César a Lupin, e é tudo. Logo será uma multidão anônima que virá visitar a estranha cidadela. E dizer que, sem Lupin, tudo isso permaneceria desconhecido para os homens. Ah, Beautrelet, no dia em que coloquei os pés neste solo abandonado, que sensação de orgulho! Encontrar o segredo perdido, tornar-me mestre dele, o único mestre! Herdeiro de tal herança! Depois de tantos reis, morar na Agulha!...

Um gesto de sua mulher o interrompeu. Ela parecia muito agitada.

- Um barulho... - disse ela - ...um barulho embaixo de nós... está ouvindo?

- É o som da água batendo - respondeu Lupin.

- Mas não... mas não... Conheço o barulho das ondas... é outra coisa...

- O que a senhora quer que seja, minha cara amiga, disse Lupin rindo. Convidei apenas Beautrelet para almoçar.

E, dirigindo-se ao criado:

- Charolais, você fechou as portas das escadarias atrás do sr. Beautrelet?

– Sim, e coloquei as trancas.

Lupin se levantou:

– Vamos, Raymonde, não trema assim... Ah, mas a senhora está muito pálida!

Disse-lhe algumas palavras em voz baixa, bem como para o criado, levantou a cortina e fez os dois saírem. Embaixo, o barulho se tornava mais nítido. Eram golpes surdos que se repetiam a intervalos iguais. Beautrelet pensou:

"Ganimard perdeu a paciência e está quebrando as portas."

Muito calmo e como se realmente não tivesse ouvido, Lupin disse:

– Por exemplo, estava rudemente danificada, a Agulha, quando consegui descobri-la! Via-se bem que ninguém havia possuído o segredo há um século, depois de Luís XVI e da Revolução. O túnel ameaçava ruir. As escadarias estavam desmoronando. A água corria no interior. Foi necessário que eu apoiasse, consolidasse, reconstruísse.

Beautrelet não pôde se impedir de perguntar:

– Quando o senhor chegou, estava vazio?

– Quase. Os reis não devem ter utilizado a Agulha como eu fiz, como entreposto...

– Como refúgio, então?

– Sim, sem dúvida, no tempo das invasões, no tempo das guerras civis, igualmente. Mas seu verdadeiro destino era ser... como direi? O cofre forte dos reis da França.

Os golpes redobraram, menos surdos agora. Ganimard devia ter arrombado a primeira porta, atacava a segunda.

Um silêncio, depois mais golpes, ainda mais próximos. Era a terceira porta. Ainda restavam duas. Por uma das janelas, Beautrelet percebeu os barcos que singravam em torno da Agulha, e não longe, flutuando como um grande peixe negro, o torpedeiro.

A Agulha Oca

— Que alvoroço! — exclamou Lupin — Não podemos nos dar bem! Vamos subir? Talvez você esteja interessado em visitar a Agulha.

Passaram ao andar superior, o qual era defendido, como os outros, por uma porta que Lupin fechou atrás de si.

— Minha galeria de quadros, disse ele.

As paredes estavam cobertas de telas, onde Beautrelet leu as assinaturas mais ilustres. Havia a *Virgem com o Menino*, de Rafael; o *Retrato de Lucrezia del Fede*, de André del Sarto; a *Salomé*, de Ticiano; a *Virgem e os Anjos*, de Botticelli; e ainda Tintorettos, Carpaccios, Rembrandts, Vélasquez...

— Belas cópias! — aprovou Beautrelet...

Lupin o olhou com um ar estupefato:

— Como! Cópias! Você está louco! As cópias estão em Madri, meu caro, em Florença, em Veneza, em Munique, em Amsterdam.

— Então, isso?

— São as telas originais, colecionadas com paciência em todos os museus da Europa, onde as substitui honestamente por excelentes cópias.

— Mas, mais dia, menos dia...

— Mais dia, menos dia, a fraude será descoberta? Bem, encontrarão minha assinatura em cada uma das telas — atrás — e saberão que fui eu quem dei ao meu país as obras de arte originais. Depois de tudo, só fiz o mesmo que fez Napoleão na Itália... Ah! Veja, Beautrelet, aqui estão os quatro Rubens do sr. de Gesvres...

Os golpes não paravam na cavidade da Agulha.

— Não dá para aguentar! — disse Lupin. Vamos subir mais. Uma nova escadaria. Uma nova porta.

— A sala das tapeçarias — anunciou Lupin.

Elas não estavam suspensas, mas enroladas, atadas, etiquetadas e misturadas ainda por cima, com pacotes de tecidos antigos que Lupin desdobrou: brocados maravilhosos, veludos admiráveis, sedas flexíveis em tons suaves, casulos, tecidos de ouro e prata...

Subiram ainda uma vez e Beautrelet viu a sala dos relógios e dos pêndulos, a sala dos livros (oh! As magníficas encadernações e os volumes preciosos desaparecidos, exemplares únicos roubados das grandes bibliotecas!), a sala das rendas, a sala dos bibelôs.

E a cada vez, o círculo da sala diminuía. E, a cada vez, agora, o barulho de golpes se afastava. Ganimard perdia terreno.

– A última – disse Lupin –, a sala do Tesouro.

Essa era completamente diferente. Redonda também, mas muito alta, de forma cônica, e ocupava o topo do edifício e sua base devia se encontrar a quinze ou vinte metros da ponta extrema da Agulha.

Do lado da falésia, nenhuma lucarna. Mas do lado do mar, como não havia a temer nenhum olhar indiscreto, duas aberturas envidraçadas se abriam, por onde a luz entrava abundantemente. O solo estava coberto por um assoalho de madeira rara, com desenhos concêntricos. Nas paredes, algumas vitrines e quadros.

– As pérolas de minhas coleções, disse Lupin. Tudo o que você viu até aqui, é para vender. Alguns objetos se vão, outros chegam. É a profissão. Aqui, nesse santuário, tudo é sagrado. Nada que não seja a escolha, o essencial, o melhor do melhor, o inapreciável. Olhe essas joias, Beautrelet, amuletos caldeus, colares egípcios, braceletes celtas, correntes árabes... Mire essas estatuetas, Beautrelet, essa Vênus grega, esse Apolo coríntio... Veja essas tânagras, Beautrelet! Todas as verdadeiras tânagras estão aqui. Fora dessa vitrine, não há uma só no mundo que seja autêntica. Que felicidade dizer isso! Beautrelet, você se lembra dos saqueadores de igrejas do Sul, do bando de Thomas e companhia – agentes meus, diga-se de passagem – bem, aqui está o relicário de Ambazac, o verdadeiro, Beautrelet! Lembra-se do escândalo do Louvre, a tiara reconhecida como falsa, imaginada, fabricada por um artista moderno... Aqui está a tiara de Saitafernes[36], a verdadeira, Beautrelet! Olhe, olhe bem, Beautrelet! Aqui está a maravilha das maravilhas, a obra suprema, a imaginação de um deus, aqui está a *Mona Lisa*, de Vinci, a verdadeira. De joelhos, Beautrelet, todas as mulheres estão diante de você!

Um longo silêncio entre eles. Embaixo, os golpes se aproximavam. Duas ou três portas, não mais que isso, os separava de Ganimard.

No mar aberto, percebia-se as costas negras do torpedeiro e os barcos que cruzavam de lá para cá. O rapaz perguntou:

– E o tesouro?

– Ah, pequeno, é sobretudo isso que te interessa! Todas essas obras de arte humanas, não é? Não valem, para sua curiosidade, a contemplação do tesouro... E toda a multidão será como você! Vamos, seja agradecido!

Bateu violentamente com o pé, fazendo oscilar uma das peças que compunham o assoalho, e, levantando-a como a tampa de uma caixa, descobriu uma espécie de cuba redonda, escavada na própria rocha. Estava vazia. Um pouco mais

---

36. A tiara de Saitafernes era uma espetacular peça de ouro de quase 18 cm de altura e mais de meio quilo, datada do ano 3 a.C. e que trazia, em relevo, cenas tanto da Ilíada quanto do cotidiano da antiga Grécia. Foi adquirida pelo museu do Louvre, em 1896, pela verdadeira fortuna de 200 mil francos. Apesar das contestações por parte de alguns estudiosos, o Louvre sustentou sua autenticidade por anos. Em 1903, um ourives russo, Israel Rouchomovski, viajou até Paris para se revelar autor da tiara, feita sob encomenda para um cliente de nome Hochmann. O Louvre passou por um enorme constrangimento e esse foi um dos maiores escândalos arqueológicos de todos os tempos. A tiara, hoje, encontra-se exposta no próprio museu, no "Salão das Fraudes". (N. do T.)

longe, executou a mesma manobra. Uma outra cuba apareceu. Vazia igualmente. Três vezes ainda ele recomeçou. As três outras cubas estavam vazias.

– Hein! – riu Lupin – Que decepção! Sob Luís XI, sob Henrique IV, sob Richelieu, as cinco cubas deviam estar cheias. Mas pense em Luís XIV, na loucura de Versalhes, nas guerras, nos grandes desastres do reinado! E pense em Luís XV, o rei pródigo, em Madame de Pompadour e em Madame du Barry[37]! O que devem ter tirado, então! Com que unhas aduncas devem ter raspado a pedra! Você vê, não há mais nada...

Ele parou:

– Sim, Beautrelet, ainda há alguma coisa, o sexto esconderijo! Esse é intangível. Nenhum deles jamais ousou tocá-lo. Era o recurso supremo... digamos logo, a aguardente para a sede. Olhe, Beautrelet.

Ele se abaixou e levantou a tampa. Um cofre de ferro preenchia a cuba. Lupin tirou do bolso uma chave de formato estranho e ranhuras complicadas e o abriu.

Foi ofuscante. Todas as pedras preciosas brilharam, todas as cores chamejaram, o azul das safiras, o fogo dos rubis, o verde das esmeraldas, o sol dos topázios.

– Olhe, olhe, pequeno Beautrelet. Devoraram todas as moedas de ouro, todas as de prata, todos os escudos e todos os ducados e todos os dobrões, mas o cofre de pedras preciosas ficou intacto! Olhe as armações. Há de todas as épocas, de todos os séculos, de todos os países. Os dotes das rainhas estão aqui. Cada uma trouxe sua parte, Margarida da Escócia e Carlota de Saboia, Maria da Inglaterra e Catarina de Médicis e

---

[37]. Madame de Pompadour e Madame de du Barry foram cortesãs e amantes do rei Luís XV. Foram mulheres poderosas e chegaram a influenciar muitas das decisões políticas do rei. (N. do T.)

todas as arquiduquesas da Áustria, Eleonora, Elisabete, Maria Tereza, Maria Antonieta... Olhe para essas pérolas, Beautrelet! E esses diamantes! A enormidade desses diamantes! Nenhum que não seja digno de uma imperatriz! O Regente da França não é mais bonito!

Ele se levantou e estendeu a mão em sinal de juramento:

– Beautrelet, você dirá ao universo que Lupin não pegou uma única pedra das que se encontram no cofre real, nem uma única, eu o juro por minha honra! Eu não tinha o direito. É a fortuna da França...

Embaixo, Ganimard se apressava. Pela repercussão dos golpes, era fácil deduzir que atacavam a penúltima porta, aquela que dava acesso à sala dos bibelôs.

– Deixemos o cofre aberto – disse Lupin –, todas as cubas também, todos esses pequenos sepulcros vazios...

Fez a volta na sala, examinou algumas vitrines, contemplou alguns quadros e, passeando com um ar pensativo:

– Como é triste deixar tudo isso! Que dilacerante! Minhas mais belas horas, eu as passei aqui, sozinho diante desses objetos que amo... E meus olhos não irão mais vê-los, e minhas mãos não vão mais tocá-los.

Havia em seu rosto contraído uma tal expressão de desalento que Beautrelet experimentou uma piedade confusa. A dor, para esse homem, devia tomar proporções maiores do que para outras pessoas, assim como a alegria, assim como o orgulho ou a humilhação.

Perto da janela, agora, o dedo estendido em direção ao horizonte, ele dizia:

– O que é mais triste ainda é isso, tudo isso que me é necessário abandonar. É belo? O mar imenso... o céu... À direita e à esquerda as falésias de Étretat com seus três portões, o Porte d'Amont, o

Porte d'Aval, a Manneporte... tantos arcos do triunfo para o mestre... E o mestre era eu! Rei da aventura! Rei da Agulha Oca! Reinado estranho e sobrenatural! De César a Lupin... Que destino!
Ele gargalhou.
– Um rei feérico? E por que isso? Digamos logo rei de Yvetot! Que piada! Rei do mundo, sim, essa é a verdade! Desse ponto da Agulha eu dominava o universo, eu o segurava em minhas garras como uma presa! Levante a tiara de Saitafernes, Beautrelet... Você está vendo esse duplo aparelho telefônico... À direita, é a comunicação com Paris – linha especial. À esquerda, com Londres, linha especial. Por Londres tenho a América, tenho a Ásia, tenho a Austrália! Em todos esses países, contadores, agentes de venda, apregoadores. É o tráfico internacional. É o grande mercado da arte e de antiguidades, a feira do mundo. Ah!, Beautrelet, há momentos em que meu poder vira minha cabeça. Fico embriagado de força e de autoridade...
A porta embaixo cedeu. Escutaram Ganimard e seus homens, que corriam e procuravam... Depois de um instante, Lupin disse, em voz baixa:
– E aí está, acabou... Uma garotinha passou, com cabelos louros, lindos olhos tristes e uma alma honesta, sim, honesta, e acabou... eu mesmo demoli o formidável edifício... todo o resto me parece absurdo e pueril... não há mais nada além de seus cabelos que contam... seus olhos tristes... e sua alma honesta.
Os homens subiam a escada. Um golpe abalou a porta, a última... Lupin agarrou subitamente o braço do rapaz.
– Compreende agora, Beautrelet, porque te deixei o campo livre, sendo que, tantas vezes, há semanas, eu poderia ter te esmagado? Compreende por que você pôde chegar até aqui? Compreende que entreguei a cada um de meus homens sua parte do butim e você os encontrou na outra noite na falésia?

A Agulha Oca

Você compreende, não é? A Agulha Oca é a Aventura. Enquanto ela estiver comigo, continuo sendo "O Aventureiro". A Agulha tomada, é o passado que está se separando de mim, é o futuro que começa, um futuro de paz e felicidade, no qual não enrubescerei mais quando os olhos de Raymonde olharem para mim, um futuro...

Ele se voltou furioso para a porta:

– Mas cale-se, Ganimard, ainda não terminei meu discurso!

Os golpes se precipitaram. Diria-se o choque de uma viga projetada contra a porta. Em pé diante de Lupin, Beautrelet, desesperado de curiosidade, esperava pelos acontecimentos sem entender a manobra de Lupin. Que ele entregasse a Agulha, que fosse, mas por que se entregaria a si mesmo? Qual era seu plano? Esperava escapar de Ganimard? E, por outro lado, onde estaria Raymonde?

Lupin, no entanto, murmurava, sonhador:

– Honesto... Arsène Lupin honesto... chega de roubar... levar a vida de todo mundo... E por que não? Não há nenhuma razão para que eu não encontre o mesmo sucesso... Mas deixe-me em paz, Ganimard! Você ignora, então, triplo idiota, que eu estou pronunciando palavras históricas e que Beautrelet as está recolhendo para nossos netos!

Ele começou a rir:

– Estou perdendo meu tempo. Jamais Ganimard terá o alcance da utilidade das minhas palavras históricas.

Pegou um pedaço de giz vermelho, aproximou da parede uma escadinha e escreveu em grandes letras:

Arsène Lupin lega à França todos os tesouros da Agulha Oca, com a única condição de que tais tesouros sejam instalados no Museu do Louvre, em salas que trarão o nome de "Salas Arsène Lupin".

– Agora – disse ele –, minha consciência está em paz. A França e eu estamos quites.

Os invasores batiam com toda a força. Um dos painéis foi destruído. Uma mão passou por ele, procurando a fechadura.

– Porcaria – disse Lupin –, Ganimard pode chegar ao seu objetivo pelo menos uma vez.

Ele saltou sobre a fechadura e retirou a chave.

– É só uma rachadura, meu velho, essa porta é sólida... Tenho todo o tempo... Beautrelet, digo-lhe adeus... E obrigado!... pois, realmente, você poderia ter me complicado o ataque... mas você é delicado! Ele dirigiu-se para um grande tríptico de Van den Weiden que representava os Reis Magos. Fechou o painel da direita, deixando a descoberto assim uma pequena porta, da qual segurou a maçaneta.

– Boa caça, Ganimard, e muitas outras coisas para você!

Um tiro soou. Ele pulou para trás.

– Ah, canalha, em pleno coração! Andou tendo aulas de tiro? Coitado do rei mago! Em pleno coração! Despedaçado como um barril na feira...

– Renda-se, Lupin! – berrou Ganimard, cujo revólver surgia pelo painel quebrado e de quem se via os olhos brilhantes... – Renda-se, Lupin!

– E a guarda, ela se rende?

– Se você se mexer eu passo fogo...!

– Vamos, o que é isso, você não pode me acertar daí!

De fato, Lupin estava afastado, e se Ganimard, pela brecha aberta na porta podia atirar diretamente na frente dele, não podia atirar, nem principalmente mirar, do lado onde se encontrava Lupin... A situação deste não era menos terrível, pois a saída com a qual contava, a pequena porta do tríptico, se abria em frente a Ganimard. Tentar fugir era se expor ao fogo do policial... e ainda restavam cinco balas no revólver.

– Droga! – disse ele rindo – Minhas ações estão em baixa. Bem feito, meu velho Lupin, você quis uma última sensação e esticou demais a corda. Não era preciso tagarelar tanto.

Achatou-se contra a parede. Com o esforço dos homens, mais um pedaço do painel havia cedido, e Ganimard estava mais à vontade. Três metros, não mais que isso, separavam os dois adversários. Mas uma vitrine de madeira dourada protegia Lupin.

– Ajude-me, Beautrelet – gritou o velho policial, que guinchava de raiva... – Atire, em vez de ficar embasbacado desse jeito!...

Isidore, de fato, não se mexia, espectador entusiasta, indeciso até então. De todas as suas forças, ele queria se misturar à luta e abater a presa que estava à sua mercê. Um sentimento obscuro o impedia.

O chamado de Ganimard o abalou. Sua mão crispou-se na coronha do revólver.

"Se eu tomar partido," – pensou – "Lupin está perdido... e eu tenho o direito... é meu dever..."

Seus olhos se encontraram. Os de Lupin estavam calmos, atentos, quase curiosos, como se, no apavorante perigo que o ameaçava, ele só estivesse interessado no problema moral que espreitava o rapaz. Isidore se decidiria a dar o golpe de misericórdia no inimigo vencido?... A porta se quebrou de alto a baixo.

– Ajude-me, Beautrelet, nós o pegamos! – vociferou Ganimard.

Isidore levantou seu revólver.

O que se seguiu foi tão rápido que ele teve, por assim dizer, consciência somente depois. Viu Lupin se abaixar, correr ao longo da parede, raspar a porta, debaixo mesmo da arma que Ganimard brandia em vão, e se sentiu, subitamente, projetado para o chão, pego em seguida e levantado por uma força invencível. Lupin o mantinha no ar, como um escudo vivo, atrás do qual se escondia.

– Aposto dez contra um que escapo, Ganimard! Com Lupin, você vê, há sempre um recurso...

Ele havia recuado rapidamente em direção ao tríptico. Segurando com uma mão Beautrelet, esmagado contra seu peito, com a outra desobstruiu a saída e fechou a portinha. Estava salvo... Logo em seguida, uma escadaria que descia bruscamente se oferecia a eles.

– Vamos... – disse Lupin, empurrando Beautrelet na frente –, a armada da terra está derrotada... ocupemo-nos da frota francesa. Depois de Waterloo, Trafalgar... Você conseguirá um pouco de dinheiro, hein, pequeno!... Ah! Que divertido, estão batendo no tríptico agora... Tarde demais, crianças... Mas corra, Beautrelet...

A escadaria, escavada na parede da Agulha, em sua casca, girava em torno da pirâmide, cercando-a como a espiral de um tobogã. Um espremendo o outro, precipitaram-se pelos degraus de dois em dois, de três em três. De quando em quando um jato de luz deslizava através de uma fissura, e Beautrelet tinha a visão de barcos de pesca que se moviam a algumas dezenas de braças e do torpedeiro negro...

Desciam, desciam, Isidore silencioso, Lupin sempre exuberante.

– Queria saber o que Ganimard está fazendo? Despencando pelas outras escadarias para me barrar a entrada do túnel? Não, ele não é tão idiota... Vai deixar lá quatro homens... e quatro homens são o suficiente.

Ele parou.

– Escute... estão gritando lá em cima... é isso, abriram a janela e estão chamando a frota... Olhe, estão se agitando nos barcos... trocando sinais... o torpedeiro se move... Bravo, torpedeiro!

A Agulha Oca

Eu te reconheço, você vem do Havre... Canhoneiros, a seus postos... Caramba, olhe o comandante... Olá, Duguay-Trouin.

Ele passou o braço por uma das janelas e agitou seu lenço. Depois, voltou a andar.

– A frota inimiga está nos remos – disse. – A abordagem é iminente. Deus, eu me divirto!

Escutaram barulhos de vozes abaixo deles. Nesse momento, aproximavam-se do nível do mar e desembocaram quase imediatamente numa vasta gruta onde duas lanternas iam e vinham em meio à escuridão. Uma sombra surgiu e uma mulher lançou-se ao pescoço de Lupin!

– Rápido! Rápido! Eu estava preocupada!... O que o senhor estava fazendo?... Mas o senhor não está só?...

Lupin tranquilizou-a.

– É nosso amigo Beautrelet... Imagine que nosso amigo Beautrelet teve a delicadeza... mas te contarei depois... não temos tempo... Charolais, você está aí?... Ah! Muito bem... O barco?...

Charolais respondeu "O barco está pronto."

– Ligue – disse Lupin.

Em um instante o barulho do motor crepitou e Beautrelet, cujo olhar se habituava pouco a pouco à escuridão, acabou por perceber que se encontravam em uma espécie de cais, na beira da água, e que diante deles flutuava uma canoa.

– Uma lancha – disse Lupin, completando as observações de Beautrelet. – Hein, tudo isso te surpreende, meu velho Isidore!... Você não entende?... Como a água que você vê não é outra senão a água do mar que se infiltra a cada maré nesta escavação, isso resulta em que eu tenha aqui uma pequena enseada invisível e segura...

– Mas fechada – objetou Beautrelet. Ninguém pode entrar aqui e ninguém pode sair.

– Sim, eu – disse Lupin –, e vou te provar.

Ele começou por conduzir Raymonde, depois voltou para pegar Beautrelet. Este hesitou.

– Está com medo? – perguntou Lupin.

– De quê?

– De ser afundado pelo torpedeiro?

– Não.

– Então está se perguntando se seu dever não é ficar ao lado de Ganimard, da Justiça, da sociedade, da moral, ao invés de ficar ao lado de Lupin, da vergonha, da infâmia e da desonra?

– Precisamente.

– Por azar, meu pequeno, você não tem escolha... Nesse momento é preciso que nos deem como mortos, os dois... e que me deixem em paz, algo que se deve a um futuro homem honesto. Mais tarde, quando eu tiver lhe restituído a liberdade, você poderá falar à vontade... não terei mais nada a temer.

Pelo modo como Lupin cerrava seu braço, Beautrelet sentiu que toda a resistência seria inútil. E depois, por que resistir? Não tinha ele o direito de abandonar-se à simpatia irresistível que, apesar de tudo, aquele homem lhe inspirava? Esse sentimento foi tão claro para ele que teve vontade de dizer a Lupin:

"Escute, o senhor corre um outro perigo mais grave: Sholmes está na sua pista..."

– Vamos, venha – disse Lupin, antes que ele tivesse se resolvido a falar.

Ele obedeceu e se deixou levar até o barco, cujo formato lhe pareceu singular, e o aspecto geral, um tanto imprevisto. Uma vez no convés, desceram os degraus de uma pequena escadaria abrupta e daí uma escada que estava enganchada a uma escotilha, que se fechou sobre eles. Embaixo da escada havia, fortemente iluminada por uma lâmpada, uma sala de dimensões muito exíguas, onde já se encontrava Raymonde, e onde tiveram exatamente espaço para se sentarem os três. Lupin pegou um megafone e ordenou:

– A caminho, Charolais.

Isidore teve a impressão desagradável que se experimenta em um elevador, a impressão do solo, da terra, que foge abaixo de nós, a impressão do vazio. Desta vez era a água que fugia e o vazio que se entreabria, lentamente...

– Hein, estamos afundando? – riu Lupin. – Tranquilize-se... é o tempo de passar da gruta superior, onde estamos, para uma pequena gruta que se encontra logo abaixo, semiaberta para o mar, e onde podemos entrar com a maré baixa... todos os... coletores de mariscos a conhecem... Ah! Dez segundos de parada... passamos... e a passagem é estreita! Exatamente o tamanho do submarino...

– Mas – perguntou Beautrelet –, como pode ser que os pescadores que entram na gruta de baixo não saibam que ela é perfurada no alto e se comunica com outra gruta, de onde parte uma escada que atravessa a Agulha? A verdade está à disposição do primeiro que chega.

– Errado, Beautrelet! A abóbada da pequena gruta pública é fechada, na maré baixa, por um teto móvel, da cor da rocha, que a maré, quando sobe, desloca e eleva com ela, e que, quando desce, reaplica automaticamente na pequena gruta. É por isso que, na maré alta, posso passar... É engenhoso, não é?... Essa foi uma ideia minha... Verdade que nem César, nem Luís XIV, ou seja, nenhum de meus antepassados poderiam tê-la, pois que não desfrutavam de um submarino... Contentavam-se, então, com a escada que descia até a pequena gruta de baixo. Eu suprimi os últimos degraus e imaginei esse teto móvel.

Um presente que dou à França... Raymonde, minha querida, apague a lâmpada que está a seu lado... não temos mais necessidade dela... ao contrário.

De fato, uma claridade pálida, que parecia da mesma cor da água, os havia acolhido na saída da gruta e penetrava na cabine pelas duas vigias, pelas quais ela era equipada, e por uma grande tampa de vidro que se projetava do piso do convés e permitia inspecionar as camadas superiores do mar.

E, de repente, uma sombra deslizou acima deles.

– O ataque vai se iniciar. A frota inimiga cerca a Agulha... Mas por mais oca que seja a Agulha, pergunto-me de que maneira irão penetrá-la...

Ele pegou o megafone:

– Não deixemos o fundo, Charolais... Para onde vamos? Mas eu já te disse... Para Port-Lupin... e a toda velocidade, hein! É preciso que haja água para nos aproximarmos... temos uma dama conosco.

Eles raspavam as superfícies das rochas. As algas, levantadas, se dirigiam como uma pesada vegetação negra, e as correntes profundas as fazia ondular graciosamente, relaxando e se alongando como cabeleiras boiando. Mais uma sombra, mais longa...

– É o torpedeiro – disse Lupin.. –, vão dar voz de canhão... O que vai fazer Duguay-Trouin? Bombardear a Agulha? O que vamos perder, Beautrelet, não assistindo ao encontro de Duguay-Trouin e de Ganimard! A união das forças terrestres e das forças navais!... ~Ei, Charolais! Estamos dormindo...

Estavam indo rápido, no entanto. Campos de areia haviam se sucedido aos rochedos, depois viram quase imediatamente outros rochedos, que marcavam a ponta direita de Étretat, o Porte d'Amont. Os peixes fugiram quando eles se aproximaram. Dois deles, mais ousados, se colaram à janela, e ele os olhou com grandes olhos imóveis e fixos.

– Em boa hora, estamos andando – gritou Lupin... – O que diz você de minha casca de noz, Beautrelet? Nada mal, não é?... Você se lembra da aventura do Sete de Copas[38], do fim miserável do engenheiro Lacombe, e como, depois de ter punido seus assassinos, eu ofereci ao Estado seus papéis e seus planos para a construção de um novo submarino – mais um presente para a França. Pois bem! Entre seus planos, guardei este, de uma lancha submergível. E é assim que você tem a honra de navegar em minha companhia...

Ele ligou para Charolais.– Faça-nos subir, não há mais perigo...

Subiram até a superfície, e a cobertura de vidro emergiu... Encontravam-se a uma milha da costa, fora de vista, consequentemente, e Beautrelet pôde então se dar conta mais exatamente da rapidez vertiginosa com que haviam avançado. Fécamp passou primeiro diante deles, depois todas as praias normandas, Saint-Pierre, Petites-Dalles, Veulettes, Saint Valery, Veules, Quiberville.

Lupin, sempre brincando, e Isidore não deixando de olhá-lo e de escutá-lo, maravilhado pela verve daquele homem, por sua alegria, sua infantilidade, sua despreocupação irônica, sua alegria de viver.

Observava também Raymonde. A jovem permanecia silenciosa, abraçada àquele a quem amava. Ela havia tomado as mãos dele entre as suas e várias vezes Beautrelet percebeu que suas mãos se crispavam um pouco e que a tristeza de seus olhos se acentuava. E cada vez era uma resposta muda e dolorosa às brincadeiras de Lupin. Diria-se que essa leviandade de palavras, que essa visão sarcástica da vida lhe causavam sofrimento.

---

38. *Arsène Lupin, ladrão de casaca.*

– Cale-se... – murmurou ela – ...rir assim é desafiar o destino... Tantas infelicidades podem ainda nos aguardar!

Diante de Dieppe, tiveram de mergulhar para não serem vistos pelas embarcações de pesca. E, vinte minutos mais tarde, viraram em direção à costa, e o barco entrou em um pequeno porto submarino formado por um corte irregular entre os rochedos, se alinhou ao lado do cais e subiu suavemente à superfície.

– Port-Lupin – anunciou Lupin.

O lugar, situado a cinco léguas de Dieppe, a três léguas de Tréport, protegido à direita e à esquerda por dois desmoronamentos de falésia, estava absolutamente deserto. Uma areia fina atapetava as encostas da prainha.

– Para a terra, Beautrelet... Raymonde, dê-me sua mão. Você, Charolais, volte à Agulha para ver o que se passa entre Ganimard e Duguay-Trouin e venha me contar no fim do dia. Isso me entusiasma, esse acontecimento!

Beautrelet se perguntava, com certa curiosidade, como iriam sair daquela enseada aprisionada que chamavam de Port-Lupin, quando avistou, no próprio pé da falésia, os montantes de uma escada de ferro.

– Isidore – disse Lupin –, se você conhecer sua geografia e sua história, saberá que estamos embaixo da garganta de Parfonval, na comuna de Biville. Há mais de um século, na noite de 23 de agosto de 1803, Georges Cadoudal e seis cúmplices desembarcaram na França com a intenção de sequestrar o primeiro cônsul Bonaparte e se içaram até o alto pelo caminho que vou te mostrar. Desde então, os deslizamentos de terra demoliram aquele caminho. Mas Valméras, mais conhecido como Arsène Lupin, custeou sua restauração e comprou a fazenda de la Neuvillette, onde os conjurados passaram sua primeira noite e onde, retirado de seus negócios, desinteressado das coisas desse mundo, ele irá viver, com sua mãe e sua mulher, a vida respeitável de um latifundiário. O ladrão cavalheiro está morto, viva o fazendeiro cavalheiro!

Depois da escada havia como que um estrangulamento, uma ravina abrupta cruzada pelas águas da chuva e ao fundo da qual agarrava-se um simulacro de escada guarnecida de um corrimão. Assim, como explicou Lupin, esse corrimão fora colocado no lugar do outro, que era apenas uma longa corda fixada por estacas, da qual se valiam antigamente os nativos para descerem até a praia... Uma meia hora de subida e desembocaram no platô, não longe de umas dessas cabanas cravadas na própria terra e que servem de abrigo aos funcionários da alfândega costeira. E precisamente na curva do caminho, um funcionário da alfândega apareceu.

– Nada de novo, Gomel? – perguntou Lupin.

– Nada, patrão.

– Ninguém suspeito?

– Não, patrão... no entanto...

– O quê?

– Minha mulher... que é costureira em la Neuvillette...

– Sim, eu sei... Césarine... Então?

– Parece que um marujo passeava esta manhã na aldeia.

– Que cara tinha ele, esse marujo?

– Nada comum... Uma cara de inglês.

– Ah! – fez Lupin, preocupado... – E você deu a ordem a Césarine...

– De abrir bem os olhos, sim, patrão.

– Está bem, supervisione a volta de Charolais daqui a duas, três horas... Se houver qualquer coisa, estou na fazenda.

Retomou seu caminho e disse a Beautrelet:

– É preocupante... Será Sholmes? Ah! Sim, é ele, exasperado como deve estar, é de se temer alguma coisa.

Hesitou por um momento:

– Pergunto-me se não seria melhor retornar... sim, tenho maus pressentimentos...

As planícies ligeiramente onduladas se desenrolavam a perder de vista. Um pouco à esquerda, belas aleias de árvores levavam em direção à fazenda de la Neuvillette, cujos edifícios já se podia ver... Era a aposentadoria que havia preparado, o asilo de repouso prometido a Raymonde. Iria ele, por causa de ideias absurdas, renunciar à felicidade no momento em que iria atingir seu objetivo?

Pegou o braço de Isidore, e, mostrando-lhe Raymonde, que os precedia:

– Olhe-a. Quando ela anda, tem um pequeno balanço, que eu não posso ver sem tremer... Mas tudo nela me dá esse tremor de emoção e de amor, seus gestos tanto quanto sua imobilidade, seu silêncio tanto quanto o som de sua voz. Olhe, o próprio fato de andar sobre suas pegadas me dá um verdadeiro bem-estar. Ah!, Beautrelet, ela esquecerá algum dia que fui Lupin? Todo esse passado que ela execra, conseguirei eu apagá-lo de sua lembrança?

Dominou-se e, com uma segurança obstinada:

– Ela esquecerá! – afirmou. – Ela esquecerá porque eu lhe fiz todos os sacrifícios. Sacrifiquei o esconderijo inviolável da Agulha Oca, sacrifiquei meus tesouros, meu poder, meu orgulho... sacrifiquei tudo... Não quero mais nada... nada além de ser um homem que ama... um homem honesto, já que ela só pode amar um homem honesto... Depois de tudo, que efeito me causa ser honesto? Não é mais desonroso que qualquer outra coisa...

A piada escapou-lhe, por assim dizer, sem que ele percebesse. Sua voz tornou-se grave e sem ironia. E ele murmurou, com uma violência contida:

– Ah! Você vê, Beautrelet, de todas as alegrias frenéticas

que experimentei em minha vida de aventuras, não há nenhuma que valha a alegria que me dá seu olhar quando ela está contente comigo... Sinto-me fraco, então... e tenho vontade de chorar...

Choraria? Beautrelet teve a intuição de que lágrimas molhavam seus olhos. Lágrimas nos olhos de Lupin! Lágrimas de amor!

Aproximavam-se de uma antiga porta que servia de entrada para a fazenda. Lupin parou um segundo e balbuciou:

– Por que estou com medo?... Sinto como uma opressão... A aventura da Agulha Oca não acabou? Será que o destino não aceita o desfecho que escolhi?

Raymonde se voltou, inquieta.

– É Césarine. Ela vem correndo...

A mulher do aduaneiro, de fato, vinha da fazenda às pressas. Lupin se precipitou:

– O quê! O que há? Fale!

Sufocada, sem fôlego, Césarine balbuciou:

– Um homem... vi um homem no salão.

– O inglês desta manhã?

– Sim... mas disfarçado, de outra maneira...

– Ele te viu?

– Não. Ele viu sua mãe. A sra. Valméras o surpreendeu quando ele saía.

– E então?

– Ele lhe disse que procurava por Louis Valméras, que era seu amigo.

– E então?

– Então a senhora respondeu que seu filho estava viajando... por anos...

– E ele se foi?...

– Não. Ele fez sinais pela janela que dá para a planície... como se chamasse alguém.

Lupin pareceu hesitar. Um grande grito rasgou o ar. Raymonde gemeu:

– É sua mãe... eu reconheço...

Ele se jogou sobre ela, estreitando-a num estado de paixão selvagem:

– Venha... fujamos... você primeiro...

Mas imediatamente parou, perdido, perturbado.

– Não, não posso... é abominável... Perdoe-me, Raymonde... a pobre mulher ali... Fique aqui... Beautrelet, não a deixe.

Ele disparou ao longo dos barrancos que rodeavam a fazenda, virou-se e seguiu correndo até uma barreira que se abria para a planície... Raymonde, que Beautrelet não havia conseguido deter, chegou ao mesmo tempo que ele, e Beautrelet, escondido atrás das árvores viu, na aleia deserta que levava da fazenda à barreira, três homens, um dos quais, o maior, andava na frente, e os dois outros traziam pelos braços uma mulher que se debatia e lançava gemidos de dor.

O dia começava a terminar. No entanto, Beautrelet reconheceu Herlock Sholmes. A mulher era idosa. Os cabelos brancos emolduravam seu rosto lívido. Aproximavam-se os quatro. Atingiram a barreira. Sholmes encabeçava o cortejo. Então Lupin avançou e plantou-se diante dele.

O choque pareceu mais terrível por ser silencioso, quase solene. Por muito tempo os dois inimigos mediram-se com o olhar. Uma raiva igual convulsionava seus rostos, eles não se mexiam.

Lupin disse, com uma calma aterrorizante:

– Ordene a seus homens que deixem essa mulher.

– Não!

A Agulha Oca

Poderia-se acreditar que ambos temiam começar a luta suprema e que ambos chamavam a si todas as suas forças. E não mais palavras inúteis daquela vez, nada mais de provocações zombeteiras. O silêncio, um silêncio de morte.

Louca de angústia, Raymonde esperava o resultado do duelo. Beautrelet havia agarrando-lhe o braço e a mantinha imóvel. Ao fim de um instante, Lupin repetiu:

– Ordene a seus homens que deixem essa mulher.

– Não!

Lupin continuou:

– Escute, Sholmes...

Mas interrompeu-se, compreendendo a estupidez das palavras. Diante desse colosso de orgulho e de vontade que tem o nome de Sholmes, o que significavam as ameaças?

Decidido a tudo, bruscamente, levou a mão ao bolso do casaco. O inglês o previra e, saltando para o lado da prisioneira, colocou o cano do revólver a dois dedos de sua têmpora.

– Mais um movimento, Lupin, e eu atiro.

Ao mesmo tempo, seus dois acólitos sacaram suas armas e apontaram-nas para Lupin... Este se enrijeceu, dominou a raiva que o tomava e, friamente, com as duas mãos nos bolsos, o peito aberto ao inimigo, recomeçou:

– Sholmes, pela terceira vez, deixe em paz essa mulher.

O inglês riu:

– Não temos o direito de tocá-la, talvez! Vamos, vamos, chega de brincadeiras! Você não se chama mais Valméras do que se chama Lupin, é um nome que você roubou, como roubou o nome de Charmerace. E esta que você faz passar por sua mãe é Victoire, sua velha cúmplice, aquela que te criou...

Sholmes cometeu um erro. Transportado por seu desejo de vingança, olhou para Raymonde, a quem suas revelações atingiam com horror. Lupin aproveitou-se da imprudência. Com um movimento rápido, fez fogo.

— Maldição! — gritou Sholmes, cujo braço, transpassado, tombou ao longo de seu corpo.

E apostrofando seus homens:

— Atirem logo, vocês! Atirem logo!

Mas Lupin havia saltado sobre eles e não precisou de dois segundos para que o da direita rolasse pelo chão, o peito demolido, enquanto que o outro, com a mandíbula quebrada, desmoronasse contra a barreira.

— Desvencilhe-se, Victoire... amarre-os... E agora nós dois, inglês...

Ele se abaixou, xingando:

— Ah, canalha!...

Sholmes havia pego sua arma com a mão esquerda e fazia mira.

Um estampido... um grito de aflição... Raymonde havia se precipitado entre os dois homens, de frente para o inglês. Ela vacilou, levou a mão à garganta, endireitou-se, virou-se e caiu aos pés de Lupin.

— Raymonde!... Raymonde!

Ele se atirou sobre ela e pressionou-a contra si.

— Morta — afirmou.

Houve um momento de estupor. Sholmes parecia confuso com o próprio ato. Victoire balbuciava:

— Meu pequeno... Meu pequeno...

Beautrelet avançou para a moça e debruçou-se para examiná-la. Lupin repetia: "Morta... morta..." em um tom ponderado, como se ainda não compreendesse.

Mas seu rosto encovou-se, transtornado, de repente, devastado pela dor. E ele foi então sacudido por uma espécie de loucura, teve gestos irracionais, torceu os punhos, bateu os pés como uma criança que sofre demais.

– Miserável! – gritou, de repente, em um acesso de ira.

E, com um tremendo choque, derrubou Sholmes, agarrando-o pela garganta e enfiando-lhe os dedos crispados na carne. O inglês gemeu, sem nem mesmo se debater.

– Meu pequeno, meu pequeno, suplicou Victoire...

Beautrelet acudiu. Mas Lupin já o havia soltado e, perto de seu inimigo estendido no chão, soluçava.

Espetáculo lastimável! Beautrelet jamais esqueceria aquele horror trágico, ele, que conhecia todo o amor de Lupin por Raymonde, e tudo o que o grande aventureiro havia imolado de si mesmo para conseguir um sorriso no rosto de sua bem-amada.

A noite começava a cobrir como uma mortalha sombria o campo de batalha. Os três ingleses, amarrados e amordaçados, jaziam na erva alta. Canções embalavam o vasto silêncio da planície. Eram as pessoas de la Neuvillette que voltavam do trabalho.

Lupin se recompôs. Escutou as vozes monótonas. Depois, fitou a fazenda alegre onde havia esperado viver pacificamente ao pé de Raymonde. E a olhou, ela, a pobre amante que o amor havia matado, e que dormia, pálida, o sono eterno.

Os camponeses se aproximavam, entretanto. Então Lupin se inclinou, tomou a morta em seus braços fortes, ergueu-a, e, curvado, colocou-a sobre as costas.

– Vamos, Victoire.

– Vamos, meu pequeno.

– Adeus, Beautrelet – disse ele.

E, carregando seu precioso e horrível fardo, seguido por sua velha serva, silencioso, feroz, ele partiu pelo lado do mar e sumiu na sombra profunda...